직업상담사,
오늘도
출근합니다

3년 차 직업상담사의 직업상담기

팽혜영 지음

직업상담사, 오늘도 출근합니다

• • •

직업상담사 합격
그 후

> * 직업상담사?
> 노동시장에서 인력을 모집하고, 적절한 일자리를 소개
> 또는 파견하는 업무를 수행하며, 상담의 기본 원리와 기
> 법을 바탕으로 노동시장 정보제공, 구인구직상담, 진학
> 상담 등 직업 및 취업과 관련된 전반적인 정보를 수집하
> 고 분석, 가공해 제공하는 업무를 수행한다.
> — 워크넷, 직업정보 '직업상담사' 중

고용노동부 구인구직 사이트 '워크넷'에서 '직업상담사'를
검색하면 나오는 직업정보입니다. 프롤로그 격의 이 글을 쓰
기 위해 '직업상담사'가 어떤 일을 하는지 객관적으로 서술된
정의를 찾아보았습니다. 석 줄이 한 문장인 긴 설명만큼이나
직업상담사가 하는 일을 간결하게 설명하기가 쉽지 않습니다.

매년 '직업상담사 자격증'을 취득하고자 하는 사람이 늘고 있습니다. 그만큼 많은 사람들이 직업상담사 자격증을 취득하고 있고, 연쇄적으로 취득한 자격증으로 일자리를 찾는 사람이 매년 증가하고 있습니다. 그를 반증하듯 포털 검색창에 '직업상담사'를 검색하면 그와 관련된 글이 수없이 쏟아집니다. '직업상담사 ○급 빨리 합격하는 법' '직업상담사 ○급 합격 수기' '직업상담사 책 추천' '직업상담사 강사 추천'. 심지어 구직자들의 구미를 당기는 '직업상담사 ○주 만에 합격하기'와 같은 글도 많이 보입니다. 수십만 건에 달하는 많은 글이 있지만, 자격증 취득과 관련된 글이 거의 100%를 차지합니다. 정작 자격증 취득 이후 직업상담사로 일하고 있는 사람들의 이야기를 찾기가 쉽지 않습니다.

직업상담사의 업무 특성상 많은 에너지를 요구하고, 일의 강도가 높으며, 민감한 개인정보를 다루고 있고, 개인정보 유출 금지 윤리 규정도 있으니, 일을 하며 그 속의 이야기를 다루기가 쉽지 않은 것도 인정합니다. 실제로 직업상담사로 현장에 있으면서, 옆 동료 선생님과 근무 중에는 당장의 눈앞에 처리해야 하는 그때마다 '여기 지금'의 현실적인 과제가 있었고, 퇴근 이후에는 또 다른 '여기 지금'의 일상이 있었기에 에피소드를 가볍게 공유하기가 쉽지 않았습니다.

직업상담사로 근무하며 느끼는 현장의 이야기를 담고 싶었습니다. 여성새로일하기센터(여성인력개발센터) 1년. 국민취업지원제도 민간위탁기관 2년 차. 올해로 직업상담사 3년 차입니다. 애증의 업. 3년간 몸으로 시행착오를 겪으며 느낀 바를 기록했습니다. 직업상담사 취업준비생이던 제가 그토록 궁금했던 이야기입니다.

그래서 첫 글의 제목이 「직업상담사 합격 그 후」입니다.

일을 하며 매일 매 순간이 슬럼프입니다. 신입 때는 신입대로, 6개월 차에는 6개월 차대로, 1년 차, 2년 차. 3년 차가 된 지금도 여전히 방향성에 대한 고민으로 목이 말랐습니다. 방향성을 함께 고민해줄 누군가가 간절했습니다. 그래서 글을 쓰기 시작했고, 한풀이하듯 블로그에 격정적 감정을 토로하다 보니 어느새 '나도 그러했다.' 하고 공감을 받기도 하고, 저의 글을 읽고 '위안이 되었다.' 하시는 분들의 이야기를 듣습니다.

이 글은 직업상담사로서 일하며 약 1여 년 개인 블로그에 게시되었던 글을 책으로 엮었습니다. 블로그에서 글을 먼저 접하신 분이라면 책으로 옮겨지는 과정에서 제 생각이 어떻게 변화하였는지도 비교해보시며 읽으셔도 좋을듯합니다. 저도 글을 편집하며 '1년 사이 일을 대하는 생각이나 태도가 많이 변화했구나.' 생각했습니다.

글을 마감하는 데 무척이나 힘들었습니다. 처음 출판을 하고자 마음먹었을 때에는 그저 내가 일에서 느끼는 바를 블로그에 쓰고, 블로그에 모인 글이 어느 정도 되었으니, 그것을 출판의 형태로 다듬기만 하면 된다 하고 생각을 했습니다. 일과 병행하다 보니 원고 첨삭에 속도는 더뎠지만 크게 개의치 않았습니다.

직업상담사 3년 차로 넘어가는 시점. 그토록 좋던 이 일이, 입버릇처럼 달고 살던 그 '징글징글하다.' '일이 물린다.'는 이야기도 나오지 않을 만큼 일이 꼴도 보기 싫어졌습니다. 번아웃과 슬럼프가 심하게 온 것입니다. 매일 똑같은 형태로 돌아가는 상담. 거의 비슷하게 호소하는 구직자의 사연. '빨리 취업하고 싶어요.'라지만 의지와 노력은 그닥인 구직자들. 권리는 누리고 싶지만 의무는 다하고 싶지 않은 민원인. 날이 갈수록 더해오는 실적의 압박. 한정된 에너지.

주변 사람들이 '업무 이야기로 글을 쓰는 것이 일 같이 느껴지지 않냐.'고 물을 때, 이건 '일과 다른 재미있는 놀이야.'라고 섣불리 말했던 과거의 저, 뼈저리게 반성합니다. 퇴근 후, 책을 위해 글을 다듬고 있자니 업무처럼 느껴져 글을 마주하기가 어려웠습니다. 난해하고 에너지를 많이 썼던 구직자 사례는 마치 그날 그 현장으로 돌아간 것 같아 힘겨운 마음도 들었습니다. 그럴 때면 책을 출판할 거라는 말부터 꺼낸 저를 또 반성합니다.

사실 글을 쓰는 것은 제게 놀이이자, 재미였습니다. 제가 쉽게 할 수 있는 '글'로써 제 이야기를 해보고 싶었습니다. 그렇게 시작한 블로그가 한 명 두 명 이웃이 늘어갈 때면, 기쁘기도 하고 어깨가 으쓱해지기도 했습니다. 그러다 어느 날, 제 글이 누군가에게 영향이 미친다고 생각하니 덜컥 겁이 나기 시작했습니다. 그래서 글을 한 자도 쓰기가 어려웠습니다. 소재도 있고, 원고도 있어 쉬울 줄만 알았던 이 일이 속도가 더디었던 것도 이 때문입니다. 그래도 시작한 것이니 끝까지 해보자는 마음으로 다시 컴퓨터 앞에 앉아 겨우 끝을 만났습니다. 이렇게 쓰고 보니 3년 차 상담사의 시행착오가 여러분께 어떻게 받아들여질지 우려도 되지만 용기 내어봅니다.

업무의 이야기를 글로 쓰는 것이 업무에 연장이었지만 다시금 '직업상담사로서 나'를 돌아보게 한 지나간 많은 구직자들에 감사를 전합니다. 그분들이 있어 지금의 이 책이 나올 수 있었습니다. 더불어 현장에서 근무하며 때때로 울고 웃었던, 이 업을 함께하는 많은 직업상담사 선후배 동료 선생님께도 감사합니다. 그 '함께'의 시간을 함께할 수 있어 인연에 감사합니다.

직업상담사로 처음 입직하고자 했을 때, 막막했던 마음이 생각납니다. 막상 하고자 마음먹었는데 직업상담사로 일하는 것이 어떤 것인지 가늠조차 되지 않았던 때가 있습니다. 일을 하면서도 제대로 된 방향성을 만나지 못해 매 순간이 제게 새로운 미션이었습니다. 앞으로의 글들은 그 시간을 조금 먼저 지나온 이가 전하는 이야기입니다. 제 글이 '함께'하는 누군가로서 힘이 되기를 바랍니다. 혹여나 제 경험이 뒤따르는 선생님의 방향성이 된다면 더없이 감사합니다.

2021년 여름날

팽 혜영 드림

2쇄가 나오며

3년 차 직업상담사는 이제 5년 차 직업상담사가 되었습니다. 여전히 매일 매 순간이 저에게도 혼란입니다. 그래도 이제는 먼저 그 시간을 보낸 이로써 뒤따르는 모든 분들께 괜찮다 말해줄 수 있는 선배가 되고 싶습니다.

지금의 생각과 혼란, 시행착오들 모두 다 괜찮습니다.

2023년 봄날

팽 혜영 드림

목차

3. 직업상담사로 일하기

4. 직업상담사의 딜레마

5. 3년 차 직업상담사

1

병아리
직업상담사

눈물의 직업상담사
자격증 취득기

:

　직업상담사 자격증보다 입직이 먼저 되어, 일을 하며 자격증을 취득하였습니다. 자격증 공부를 하며, 좌절을 경험하고 계시는 선생님들이 있을까 하여, 자격증을 취득하던 이야기부터 들려드릴까 합니다.

　직업상담사로 일하고 있으니, 많은 예비 직업상담사 선생님들이 시험공부 어떻게 하셨냐 많이 물어보십니다. 그때마다 저의 대답은

　"울면서 했어요."

　입니다. 지금도 면접에 가면, '자격증이 없는데 어떻게 직업상담사로 취업했냐.'고 선후관계를 많이 물으십니다. 보통

직업상담사로 입직하기에 90% 이상 기관에서 자격증이 필수이기 때문이고, 첫 직장인 여성새로일하기센터(이하 새일센터)의 경우, 공공기관의 지침에 따라 운영되기 때문에 더더욱 자격증이 필수사항이었습니다.

사실 저는 동차 합격[01]이 아닌 몇 차례 재수, 삼수, N수를 거듭하고서야 자격증을 취득하여 나름의 에피소드가 있습니다. 입사하고 보니 동료 선생님들께서, 그리고 많은 블로그에서 '당연히 동차 합격하는 것 아니냐.' 하여 알게 모르게 당황하고, 위축되었던 기억이 납니다.

직업상담사로 입직하기 직전까지, 대학교에서 일자리 관련 국가사업을 운영하는 부서 행정조교로 1년 8개월의 경력이 있었습니다. 일을 하며, 회차마다 직업상담사 자격증 시험을 준비하고 있었지만, 100% 서술형으로 이뤄지는 실기에서 번번이 좌절했었지요. 그것도 60점 커트라인이면 58점, 53점 이렇게 아까운 성적으로요. 그렇게 시간을 보내고, 어느덧 연말, 직업상담사 채용 성수기가 되었습니다. 밑져야 본전인데 싶어 '직업상담사 자격증 필기합격 실기시험 후 결과 대기 중'으로 서류 전형에 넣었습니다. 자격증이 없지만 그래도 비슷한 분

---

01   동차 합격: 직업상담사 시험은 객관식(필기), 서술형 필답형(실기)으로 필기, 실기를 모두 합격해야 자격증을 최종 취득할 수 있습니다. 연간 3회 시험이 치러지는데, 이때 필기를 응시한 회차에 실기를 합격하는 것을 의미합니다.

야의 경력이 있고, 자격증이야 취득하기 위해 노력 중이라는 것을 보여드리면 통하는 곳이 있지 않을까 싶었기 때문입니다. 그게 통한다면 '오예!'이고, 아니라면 당시 근무하던 곳에서 계약만료까지 다니며, 실기시험은 계속 응시할 예정이었습니다.

번외로 자격증만으로는 수도 없이 서류에서 탈락하여, '자격증 없음'이 약점으로 작용한다는 것을 알고 있기 때문에, 약점을 보완하기 위해, MBTI 성격검사를 비롯해, 직업상담사로서 역량을 강화할 수 있는 교육 몇 가지를 수료했습니다.

개인적으로는 '취업도 운'이라는, 그 말에 동의하지 않지만, '취업도 운'이라는 말이 맞는지, 제가 의도한 대로 단순히 자격증보다는 그것 이외 노력들을 봐주시는 당시 센터장님 눈에 들었고, 자격증 없이 직업상담사로 취업이 확정되었습니다.

센터장님께서는 출근 첫날, 근로계약서를 작성하며, '어차피 실기만 합격하면 되는 것이니, 일하며 올해 안으로 꼭!! 취득하라.'는 서로 간 비밀 약속을 했습니다. 기관장님께서는 '1N년간 업계에서 근무했지만, 일하면서 자격증을 취득한 사람은 딱 4명 봤다.'며, 쉽지 않을 거라며 겁도 주셨습니다.

업무 강도로 악명 높다는 새일센터에서 여러 사업 꼭지 중

하나를 맡아 혼자 쳐내며, 틈틈이 월 2~4회 외근도 나가고, 하루에 쉴 새 없이 구직자 상담을 쳐냈습니다.
(이 업에 입직하고, 가장 먼저 배우는 말이 '상담을 한다.'가 아닌 '쳐내다.'의 뜻으로 '상담을 친다.'입니다.)

그러던 중 저를 채용하신 센터장님이 퇴임하시고, 새 센터장님이 취임하셔서, 기관의 분위기가 바뀌었습니다. 바뀐 센터장님은 자꾸만 고용까지 담보하며, 자격증이 언제 나오냐며 자격증 취득을 종용하셨고, 압박까지 하셨습니다. 그래서 낮에는 악명 높은 새일센터 사업을 쳐내고, 퇴근 후에는 힘겨운 몸을 이끌고, 녹초가 되어서 독서실에 앉아 책을 봤습니다. 게다가 당시에는 남자친구와도 헤어진 직후라 실제로 눈물을 뚝뚝 흘리며, 손으로는 글을 쓰는 그런 시간이었습니다.

그리하여 누군가 자격증 공부를 어떻게 했는지 물으면, 비유적인 표현이 아닌 정말로 울면서 눈물 콧물 찍어 내며 '울면서 공부했다.'가 절로 나왔습니다. 지금에 와 돌이켜 봤을 때, 순수 공부량은 그 어느 때보다 공부시간이 제일 적었으나, 이전 공부시간이 누적되어 터진 것인지, 점수는 역대 가장 고득점했습니다.

자격증을 준비하시거나, 취업을 준비하고 계신 많은 수험생에게 하고 싶은 말이 있습니다.

'간절함의 힘은 언젠가 발휘된다.'

근무하고 있는 직장의 고용을 담보로 자격증을 준비해야 했던, 정말 말 그대로 주경야독인, 가장 열악한 시험 준비 환경에서 가장 고득점을 했던 저처럼요. 모든 시험을 준비하는 수험생들에게 오늘의 코로나 사태와 이 상황이 힘겨운 상황이고, 앞이 보이지 않는 팍팍한 상황일 것입니다. 어딘가 화를 낼 수도 없고, 그저 받아들여야 하는 상황이 미치게 화가 날 것이라는 것도 압니다. 그러나 간절함의 힘은 언젠가 드러나게 마련이라고 꼭! 말해주고 싶습니다.

각종 시험과 취업을 준비하시는 모든 선생님들.

진심으로 응원합니다!

심리상담이 아닌
직업상담?

⋮

"구직자를 취업시키면 온 가족이 행복합니다."

직업상담사로 경력을 조금 갖추었을 어느 때, 이직을 위해 이곳저곳 기관마다 면접을 보러 다니던 때의 일입니다.

면접관 자신이 생각하기에 직업상담사라는 직업의 장점이 무엇인가요?

나 한 사람 인생에 '취업'이라는 구체적인 결과로 영향을 미칠 수 있다는 것이 큰 장점이라고 생각합니다.

그렇습니다. 3년 차로서 생각하기에 직업상담사는 '취업'이라는 분명한 결과가 그 무엇보다 가장 큰 장점이라고 생각합니다. 상담의 과정이 힘겹고, 난감한 구직자와 실랑이를 하고,

때때로 상담에서 도망치고 싶기도 합니다. 그래도 '취업했다.' 거나 '선생님 덕분이다.' 하는 이야기를 들으면, 팍팍하고 힘든 업무에 힘이 납니다.

상담에는 다양한 분야가 있습니다. 진로상담, 부모상담, 심리상담, 직업상담 등. 다양한 상담 분야 중 굳이 '직업상담'이었던 이유는 명확하고 분명하게 '취업'이라는 직관적인 결과치가 드러나기 때문입니다. 심리상담의 '심리'는 눈에 보이지 않는 추상적인 주제라, 그 결과 역시 수치의 성과로서 눈에 보이지 않는 데 반해, '취업자' '취업률'이라는 성과가 분명하게 결과치로 드러나는 것이 좋습니다(이 정량적 결과치가 제 발목을 잡는 순간도 많습니다).

또, '직업' 혹은 '취업'을 위한 상담을 진행하다 보니, **정보력**이 가장 중요하다고 생각합니다. 저는 다른 이에게 무언가 알려주고, 전달하기를 좋아하는데, 내가 가진 '정보'로서 타인에게 영향을 미칠 수 있는 것이 큰 장점이라고 생각합니다. 직업상담사 역량 강화를 위한 강의에서 강사는 이런 말을 했습니다.

"우리가 구직자를 취업시키면 구직자 한 사람의 기쁨이 아니라 온 가족과 나아가 온 집안이 행복합니다."

취업을 못 하고 있는 구직자의 걱정은 구직자 본인뿐 아니라 온 집안의 걱정입니다. 그런데 그 구직자가 취업을 확정 짓는 순간, 온 가족의 큰 고민거리를 덜 수 있습니다. 때때로 집안뿐 아니라 마을의 자랑거리가 되기도 하지요. 왜 마을 어귀, 사거리 곳곳에 '누구네 몇째 딸/아들 ○○합격'이라는 플래카드가 붙는 것처럼요.

그러한 일에 영향을 미칠 수 있는, 구직자에게 '취업'이라는 명확한 결과로 과정을 보상받을 수 있는 '직업상담' '직업상담사'의 업을, 징글징글한 애증의 이 업을 좋아합니다.

잊지 못할 첫 기억 1.
첫 취업자

⋮

하루에도 수 명의 구직자를 만나며, 한 달이면 수십 명의 구직자를 만나지만, 많은 관리 목록 중에 유난히 마음이 쓰이거나, 유난히 기억에 오래 남는 구직자가 있습니다. 모두에게 처음이 오랜 기억으로 각인되겠지만, 유독 기억에 남는 '처음'과 관련된 이야기가 있습니다. 이름하여 잊지 못할 첫 기억. 하나는 첫 상담, 그리고 첫 취업자입니다.

신입으로 입사하여 약 2개월쯤 되었을 때입니다. 오후 4시가 조금 넘은 시각. 그날도 퇴근을 기다리며, 지쳐있던 기억이 납니다. 사실대로 고백하자면 구직자에게는 정말 미안하지만 4시가 넘어서 찾아오는 구직자가 그리 달갑지만은 않습니다. 하루 종일 밀려드는 구직자 상담을 쳐내고, 오후 3~4시가 되면, 구직자의 발길이 뜸해집니다. 그러면 그때부터 바짝 상담

이외 여러 가지 행정업무를 부지런히 처리해야 6시에 겨우 퇴근을 할 수 있기 때문입니다. 4시가 넘어 제 앞에 앉은 이 구직자에게 약간은 심드렁하게 마주 앉았습니다.

"선생님, 저 취업하고 싶어요."

조금 큰 체격에 비해, 한껏 주눅 든 어깨로, 호소하는 떨리는 목소리에, 정신이 번쩍 들어, 자세를 다시 곧추세웠습니다. 불과 얼마 전까지 저 역시 그러한 시절이 있었으니 말입니다. 이분은 어떠한 사연이 있기에, 처음 보는 이에게 이렇게 간절하게 말할까 싶었습니다.

당시 이○○ 구직자는 사무보조 일자리를 희망한다고 했습니다. 30대 중반 연령대와 사무보조를 구한다는 것을 종합했을 때 육아로 경력이 단절되어 재취업하고자 하는 경력단절여성인가 했더니 미혼이라고 하셨습니다.

육아로 경력이 단절된 경력단절여성의 경우, 단순 포장이나 사무보조와 같은 직종으로, 전일제보다는, 오전 10시~오후 3시 사이의 짧은 시간 파트타임을 주로 희망합니다. 경력단절 후 재취업할 때, 경력단절로 인한 근로에 대한 부담을 완화하여 일 경험을 쌓기 위함이지요. 이후 직장생활이 적응되고, 어느 정도 아이가 자라 육아 문제가 해결되면 경력을 확장

시킵니다. 미혼이라면 경리사무원이나 회계사무원처럼 좀 더 전문적으로 직무 방향성을 설정하면 좋으련만 싶어 왜 단순 사무보조를 희망하는지 의아했습니다. 더 이야기를 들어보니 그제야 마음이 이해가 되었습니다.

대학 전공은 역사고고학과 영어영문학이며, 대학 졸업 후 공무원을 준비했고, 연거푸 탈락하자, 전공을 살려 영어 기간 제 교사로 근무했답니다. 기간제 교사 계약기간 만료 후, 일반 회사에 취업하고자 직업훈련기관에 입사하여, 사무보조로 근 무하였으나, 임금체불 문제로 5개월 만에 퇴사했다고 합니다. 퇴사 후 이런저런 일자리에 입사지원을 해보았지만, 그 시간 이 어느새 5개월이 넘어서고 있다고 했습니다. 당장이라도 할 수 있는 사무보조로 일을 하고 싶다는 이야기를 했습니다.

그녀에게 스스로 생각하는 '취업의 장애요인'을 물으니, '나 이에 비해 경력이 별로 없어서'라고 했습니다. 이야기를 쭉 듣 다 보니, 저와 비슷한 또래이며, 대학 졸업 후 이력 게다가 한 국 사회에서 체격이 큰 여자로 살아가는 것 결정적으로 '나이 에 비해 경력이 없다.'는 레퍼토리마저 닮아 있었습니다.

저와 닮은 구석이 참 많다는 생각이 그때부터 꼭 제 손으로 취업을 시키고자 마음먹었습니다. 구직자 역시 오랜 구직활동 으로 자신감 많이 하락한 상태였으나, 하고자 하는 간절함과 구직의지가 확고했기 때문입니다.

5개월 사무직과 학교 기간제 교사 경력을 경력으로 정리하기에는 분명히 애매한 면이 있었습니다. 그래도 다행인 것은 일을 그만두고, 재취업을 준비하며, 컴퓨터 자격증과 회계 자격증을 취득하고 있었습니다. 또, 영어영문학을 복수전공 하여 영어로 읽고 쓰는 것은 어느 정도 가능하다고 말했습니다.

취업을 하기에 30대 중반의 나이가 적지 않지 않지만, 많지도 않은 나이이니 사무보조보다 좀 더 경력과 자격증을 살릴 수 있고, 전문적인 직종으로 취업할 수 있도록 방향성을 설정했습니다.

1) 회계 자격증, 기본 컴퓨터 활용능력이 뛰어남
　　→ 경리 회계사무원
2) 5개월 직업훈련기관 경력, 기간제 교사 경력
　　→ 교육기관 행정사무원
3) 회계 자격증, 영어 읽기 쓰기 능력 중(中)
　　→ 무역사무원

본인도 3번 방향으로 고려해보았고, 친한 동생이 관련 직종에 일하고 있어 알아보았는데, 당장 새로운 역량을 또다시 길러야 해, 구직활동 기간이 더 걸릴 것 같다고 하여, 3번을 제외하고 1, 2번으로 방향을 정했습니다.

1차 솔루션으로, 지금까지 지원했던 이력서와 자기소개서를 컨설팅하기로 했습니다. 컨설팅을 위해 보내온 그녀의 서류에는 하나로 꿸 수 있는 경력들은 아니었지만, 우직한 성격대로, 대학에서 복수전공을 하고, 교직 이수를 하며, 크고 작은 아르바이트를 하며, 열심히 살았던 흔적이 엿볼 수 있었습니다. 역시.

그녀의 장점은 무언가를 조언하면, 바로 즉시 수정과 보완을 거쳐, 적용하고 마는 것이었습니다. 그것만도 대단한데 거기에서 끝내지 않고, 꼭 다시 한번 예약 날을 잡아 수정을 받았습니다. 성격처럼 우직하고 차분하게 취업을 위해서도 스스로 노력을 소홀하지 않았습니다.

어느 날은 상담시간이 되어 자리에 앉으며, 대뜸 헬스장을 등록했다고 하는 것입니다. 사실 예민한 문제라 직접 언급하지 못했지만, 저 역시 한국 사회에서 '체격이 큰 여자'로 오랜 시간 살았기에, 그로 인해 느껴지는 시선을 너무 잘 알고 있었습니다. 먼저 그 얘기를 꺼내며, 그렇게 취업을 하기 위해 노력하고 있다고 하셨습니다. 그런 그녀의 노력에, 신입의 넘치는 패기가 합쳐져, 저의 입사지원 서류를 날 것 그대로 보여주기도 했습니다.

어느 정도 서류가 정비되었으니, 수정한 이력서를 들고, 입사지원을 시작했습니다. 바쁜 와중에 출근하면, 틈틈이 이○○ 님 조건에 지원할 수 있는 곳을 하루 종일 찾아봤습니다. 제가 알선하면, 선생님은 지원하고를 반복했습니다. 기업의 구인정보를 보다 상세히 파악하여 알선하기 위해, 기업과 통화를 하며, 인사담당자에게 공시된 내용 이외 강점 몇 가지를 말씀드려, 면접을 고려해보심이 어떤가 제의하기도 했습니다.

오죽하면 기관의 다른 선생님께서 이○○ 님 전화를 받으면, 이○○ 님께서 연락하셨다며 곧바로 저에게 메모를 전해주기도 하셨습니다. 어느 날은 이○○ 님과 상담을 하고 있는데 제 자리 정반대 끝에 앉아 계신 선배 선생님께서 부러 찾아오셔서, 저를 가리키며

"평소에 하도 이○○ 선생님 이야기를 하고 애쓰기에, 어떤 분이신가 해서 와봤어요."

하고 격려하고 가시기도 하셨습니다. 센터 내 '이○○ 구직자=나'를 모르는 직원이 없을 정도였습니다. 그런데 쉽게 터질 것 같던 취업이 쉬이 잘 터지지 않았습니다. 저도 구직자 선생님도 답답한 노릇이었습니다. 사실 한국의 노동시장에서는 '미혼 30대 중반 여성'은 참으로 애매한 조건입니다. 20대를 희망하는 업체에는 너무 나이가 많고, 40대 이상 기혼여성을 희망하는 업체에는 결혼과 임신으로 퇴사 우려가 있기 때

문입니다.

답답한 마음에 선배 선생님께 사례를 들고 가, '이러저러한데 쉽게 취업이 터지지 않는다.' 하고 조언을 구하기도 했습니다. 선생님께서는 '우리 기관을 찾은 지 몇 개월 되지 않았으니, 조금만 더 기다려보자.' 하며 다독여주시기도 하셨습니다. 그렇게 저도, 구직자도 조금 지쳐갈 즈음.

어느 날, 그녀에게서 전화가 왔습니다.

"선생님! 저 취업했어요!!!!"

처음부터 방향으로 잡은 회계사무원으로 취업을 했다는 전화였습니다. 꼭 놀러 오겠다는 그녀에게 직장 적응에 신경 쓰라며 무심히 끊었지만, 모든 스트레스가 다 씻기듯 했습니다.

시간이 몇 주 정도 흘러, 잘만 다니는 줄 알고 있었는데, 점심시간 즈음하여 그녀가 센터를 찾아왔습니다. 평일 낮 시간때 방문하셔서 다시 퇴사하고, 재취업을 하시나 하며, 걱정스러운 마음이 앞섰습니다. 그런데 '꼭 방문해서 직접 취업처리를 부탁하고 싶었다.'며, 취업확인서를 내미는 것이지요. 사실 취업을 하고 연락이 안 되는 분들이 왕왕 계신데, 너무도 예쁜 마음에 눈물이 찔끔할뻔했습니다. '축하한다.'는 인사를 전했습니다.

　취업확인서를 보니, 지난번 입사했던 회사가 아니었습니다. 그럼에도 또 취업을 했다고 합니다. 첫 입사를 한 뒤, 이러저러한 회사 사정으로 며칠 만에 그만두고, 기존 직업훈련기관에 재취업했답니다. 심지어 기존 5개월 경력도 인정받아, 연봉도 최저임금 선보다 높게 받았다 했습니다.

　첫 취업자를 알선 취업으로 마무리했다면, 더없이 좋은 결과이었겠지만, 구직자 스스로 노력하여, 본인 취업으로 마감했으니, 조금도 아쉽지 않았습니다. 취업하고자 하는 간절함을 너무 비슷하게 느꼈던 때가 있었고, 저와 닮은 궤적의 그녀를 보며, 마음이 더 쓰였고, 합격을 통보받았을 때 어떠했을지도 감히 너무 잘 알고 있습니다. 일을 하며, 종종 그녀의 소식을 건너건너 풍문으로 듣습니다. 나중에 알게 되었는데, 훗날 입사한 동료 선생님의 지인이랍니다. 세상 참 좁지요.

　직업훈련기관 역시 몇 개월을 다녔으나, 갑작스레 폐업의 위기를 겪고, 한차례 퇴사를 겪은 뒤, 지금은 주간보호센터에서 행정사무원으로 일하고 있다고 합니다. 몇 계절을 지나, 훗날 제가 기관에 구인을 의뢰를 하느라, 업체에 방문해 만나기도 했어요. 그곳은 그래도 별다른 문제가 없는지, 글을 쓰는 지금도 잘 다니고 계신 것으로 압니다. 아!! 자랑을 좀 하자면, 연말 기관과 연을 맺어 취/창업하신 분을 초청하여 취업자 간담회를 했습니다. 그때, 우수 사례로 선정되어 이○○ 님이 취업 성공기를 발표하기도 했습니다.

일 년이 지난 지금, 한 번씩 연락을 하며, 서로에게 안부를 묻고는 합니다. 그때마다 제 덕분이라고 하시며, 감사 인사를 하십니다. 그리고 지금은 주간보호센터 일을 다니며, 다시 새로운 꿈을 위해, 다른 직종으로 준비 중이라고 하십니다.

이○○ 선생님을 처음 마주한 초기상담에서 제가,

"지금의 이 일이 너무 좋고, 만족스러워요."

했다고 합니다. 그런 제가 참으로 멋있어 보였다며, 본인도 그런 일을 찾고 싶다고 생각하셨답니다. 그 말을 새로운 도전을 준비하시는 선생님께 돌려드리고 싶습니다.

이○○ 선생님!
선생님도 선생님을 멋지게 드러낼 수 있는 일을 찾으시길, 그리고 지금 도전하는 그것이 그러한 일이기를 바라며, 항상 응원합니다.
저도 감사합니다. 첫 취업자가 선생님이어서.

잊지 못할 첫 기억 2.
첫 상담

⋮

오늘은 직업상담사로 처음 상담한, '첫 상담'을 이야기하려고 합니다. 사실 이번 '처음'은 구직자가 기억이 나기보다는 '첫 상담'이다 보니, '상담' 그 자체가 기억에 많이 남습니다.

신입으로 입사하여, 어색한 공간과 시간을 견디고 있던 어느 날. 입사 8일 차 첫 상담이자 첫 외근 일정이 잡혔습니다. 입사 3개월 차 사수 선배님과.

기관에서는 '찾아가는 이동상담'이라 하여 직업전문학교 등 취업상담이 필요한 구직자가 여럿 모여있는 직업상담사가 찾아가 상담을 진행하는 프로그램이 있었습니다. 이번 달은 기관과 협약을 맺은 길 건너 직업전문학교. 3D 프린트나 포토샵, 일러스트 등 디자인 프로그램과 CAD 등 설계 프로그램을 수강하는 기관에 상담이 잡혔습니다. 후에 알고 보니, 신입이들은 꼭 거치는 필수코스이더군요. 기존 진행해오던 관행대로, 직업훈련학교의 강좌가 종강할 즈음, 사전에 훈련기관과 조율하여, 일정을 잡고, 훈련기관에서 대략적으로 이번 회차에는 몇 명 정도 참여한다고 안내를 해주면 그에 맞게 준비합니다. 당시에는 제가 직업상담사로서 상담을 시작하기 전이라, 선배 선생님께서 모든 행정적인 처리를 도맡아주셨고, 저는 상담 견습생이 되었습니다.

외근 가기 전, 옆 선생님의 상담을 귀동냥으로 듣기도 하고, 실제로 어떤 말부터 시작하는지 여쭈며 나름의 시뮬레이션을 거쳐, 마음의 준비를 했는데 막상 기관에 들어서니, 콩닥콩닥 마음이 떨리는 것이 다리가 후들후들 떨렸습니다.

그날 상담 인원은 선배님 3명, 저 2명 총 5명으로 기억합니다. 상담하는 곳과 대기 인원이 분리되지 않아, 구직자 간 상담을 대기하며, 내용을 들을 수밖에 없는 열악한 환경이었습니다. 게다가 그분들은 같은 강의를 적어도 5~6개월 이상 같이 들은 수강생이니 서로 민감하게 반응했습니다. 특별히 상담실이랄 것도 없어, 훈련기관의 컴퓨터 강의실의 앞뒤 모퉁이로 떨어져 상담을 진행했습니다. 제 자리라면 앞에 모니터라도 있으니 방어막이 되어 심리적인 위안이 될 테지만, 오늘은 방어막이 될만한 것이 없으니 더욱 긴장되었습니다. 게다가 낯선 '디자인 직무' 구직자를 상담하려니, 상담을 어떻게 진행했는지 까마득합니다. 그래도 편집디자인 직무에 근무했던 경력을 살려, 구직자와 짧게 상담을 이어가고, 서류를 작성하게 하여 어떻게 마무리했습니다. 긴장한 티를 내지 않으려 했지만 등에는 식은땀이 흘렀습니다.

글을 쓰며, 다시금 그날이 생생하게 떠올랐습니다. 무엇이든 처음이 있어야, 시작을 할 수 있지요. 처음이라 낯설고 서툴러 오래 기억에 남기도 하네요. 지금을 있게 한 첫 상담이 있었기에, 지금의 3년 차 상담사로, 그리고 징글징글한 애증의 이 업을 애증!하게 된 것이 아닐까 생각해봅니다.

모두 지금을 있게 한 신입이 시절 그리고 처음의 모습을 어떻게 기억하고 계신지요?

신입이는 방치러?
혹은 잡일러?

:

입사해 대략적으로 첫 일주일 동안 벌어지는 신입 사원의 일과에 대해 이야기하고자 합니다. 드라마 「미생」을 기억하시는지 모르겠습니다. 국내 제일이라는 학력과 스펙으로 굴지의 대기업에 입사한 장백기. 패기를 모른척하고, 사수는 자신를 방치해두거나, 아니면 허드레 잡일만 시킵니다. 며칠을 견디다 못한 장백기는 타 기업으로 이직을 할까 알아보기도 하고, 사수에게 가서 대들기도 합니다. 이것이 저는 드라마에서만 벌어지는 일인 줄 알았습니다. 그런데!

면접을 통과해, 대망의 첫 출근일.

회사에 가면 회사 규모에 따라 부서별로 혹은 전 직원 앞에서 어쨌든 포부를 담은 인사를 하고, 안내해주는 자리에 앉습니다. 쇠뿔도 뽑을 것 같은 열정 가득한 마음으로 앉아 무언가를 시켜주기를 기다립니다. 보통 회사나 사업의 지침을 주고 공부하라고 하지요. 패기 넘치게 지침이나 매뉴얼을 뒤적여보지만, 용어가 낯설어 무슨 말인지 잘 들어오지 않습니다. 얼른 내게 무언가 실무 일을 시켜줬으면 좋겠다 생각합니다. 시간이 10분. 20분. 30분. 1시간. 오전 시간이 다 되어가는데도, 내게 무언가를 요구하는 사람이 아무도 없습니다. 모두 무언가 열중하는 모습인데 반해, 나는 할 것이 없어 멍한 시간입니다. 분명 저들은 바삐 돌아가는데, 같은 시공간이 맞는지, 신입이는 어느샌가 투명인간이 됩니다.

다들 첫 출근을 한 번은 겪어보셨을 겁니다. 거창한 포부로 들어왔으나, 내게 일이 주어지기는커녕, 나의 존재를 아는지 모르는지 가만히 내버려둡니다. 심하게는 방치해두기도 하지요. 오랜만에 신입이를 부르기에 뛰어갔더니, 복사를 하거나, 문서고 서류를 분류하거나 하는 잡일입니다. 그러면 신입이는 '내가 이런 일 하려고, 그 힘든 구직활동을 견뎠나.' 하는 자괴감과 세상 쓸모가 없어진 것 같은 허탈함을 느끼게 됩니다.

생산 직무도 다르지 않습니다. 입사를 하고, 첫 출근일에 출근을 하면, 사무를 보던 관리자가 오셨냐며 어색한 인사를 건네고, ○○시부터 작업이 시작되니, 옷 갈아입고, 작업장으로 가라고 합니다. 혹은 쭈뼛쭈뼛 어색하게 작업복으로 갈아입고 나오면, 작업반장님께 인계하지요. 그러면 작업반장으로 보이는 분이 눈을 겨우 드러낸 작업복 차림을 한 채, 말없이 작업장으로 데리고 갑니다. 낯선 분위기가 어색하지만, 현장으로 따라갑니다. 가보니 이미 작업은 시작되었고, 한마디 말도 없이 모두 기계처럼 무언가에 열중입니다. 그러면서 작업을 배정해주며, 간단하게 알려주는데 도통 알아들을 수가 없습니다. 또, 작업이 손에 익지 않아, 실수가 발생하면, 대뜸 큰 소리로 잘하라고 혼(?)이 납니다.

아마 사무직군이든, 생산직군이든 크게 벗어나지 않을 신입이의 풍경입니다. 이때, 신입이들은 이를 텃세라고 여기기도 하고, 회사가 이상하다고 여기기도 합니다. 그래서 첫날부터 고민이 많아지기도 합니다. 대략 일주일 정도 이러한 분위기를 견디며, 고민을 거듭하고, 심한 경우에는 그만두겠다고 선언합니다.

저 역시 이 방치러의 일주일 동안, 문서고에 혼자 갇혀 지난 자료를 모두 꺼내, 1월부터 12월까지 한 해 사업이 이루어진 서류를 분류했습니다(비밀이지만, 그것을 하며, 저의 채용 면접 결과표를 보기도 했지요). 문서고에 출근하는 날이 아니라면, 급히 불러서 가보면, 기관 프로그램 홍보물품을 정리하고, 배송 보내는 꾸러미를 만들었습니다. 그야말로 단순 노동의 시간이었습니다. 당시에는 영락없이 방치된 기분이 들었어요. 그래도 새 식구가 왔는데, 환대까지는 바라지 않더라도, 방치는 조금 그랬습니다.

그 시간의 의미를 이제는 압니다. 그저 잡일이라 여겨지던 그것들이 기관의 분위기를 익히고, 사업 전반을 눈으로 한 번 훑어보라는 의미라는 것을요. 사실 갓 입사한 신입이 할 수 있는 일이 별로 없습니다. 사내 계정을 쓰거나, 프로그램을 쓴다면, 그것을 등록하고 생성하는 데 일정 시간이 걸립니다. 조금의 차이가 있겠지만 그 시간이 대략 일주일 정도입니다.

반대로 신입이 입사하여, 회사 분위기를 읽고, 앞으로 함께할지를 생각하는 것도 일주일입니다. 입사 직후 퇴사는 바로 이 일주일 중에 이루어집니다. 그러니 기관에서는 혹여 나갈 우려가 있는 신입이에게 바로 정을 주지 않는 것도 있겠지요. 게다가 본 업무를 진행하면서, 신입에게 일을 안내하는 일이 쉽지 않더군요. 아무리 그래도 새 신입을 방치하는 것이 좋아 보이지는 않습니다. 저는 후임으로 입사하시는 신입 선생님께는 가급적 소외감을 느끼지 않도록 한마디라도 더 말을 건네는 편입니다. 새로 입사하면, 누군가 해야 하지만 시간이 걸리는 꼭 필요한 잡일을 신입에게 맡기는 것이 아닐까 생각합니다. 아마 기관과 신입이 서로 조율하는 시간일 테지요.

구직자가 취업을 하면, '첫 일주일을 잘 버티고 견디시라.'고 말씀드립니다. 그 일주일이 지나면 '3개월'까지만 잘 버티라고 말씀드려요. 신입이로서 안정적으로 새로운 곳에 적응하기 위한 시간이 대략 3개월 전후이기 때문이지요.

오늘도 그 숨 막히는 적응시간을 견디고 있을 모든 신입들,
잡일러, 방치러들 응원합니다!!

구직표부터 내밀지 마세요

- 초기상담하기

⋮

　처음 구직자가 내방하여, 실시하게 되는 초기상담에 대해 다뤄보려 합니다. 혹시 취업상담기관에서 상담받으신 적 있으신가요? 대부분 한 번쯤은 구직자의 입장에서 일자리 관련 기관에 방문해 상담받으신 적이 있을 겁니다. 그때 방문한 기관의 분위기는 어떠하였는지요? 또, 나를 담당했던 상담사는 어떤 순서나 방법으로 상담을 진행하였는지 기억하시는지요? 그 상담을 받은 '나'는 어떤 기분이 들었나요? 아래 두 가지 상담 장면이 있습니다. 아래 상담 장면을 읽으며, 어떤 기분이 드는지 생각해봅시다.

<상황 1>
상담사: 안녕하세요? 무엇을 도와드릴까요?
구직자: 취업하려고 왔는데요.
상담사: 이 서류부터 작성해주세요.
구직자: …(구직표를 작성한다).

일자리 기관을 방문하면, 아마 위의 과정에서 크게 벗어나지 않을 것입니다. 조금 더 구체적으로 상황을 살펴보겠습니다. 일자리를 구하려, 급한 마음에 집으로 나서기는 했지만, 관련 기관에 들어서는 입구에서부터 괜스레 분위기에, 대부분 구직자들은 위축되고 압도된다는 느낌을 받습니다. 죄를 지은 것도 아닌데 내가 일을 구하고 있는 입장이니, 괜스레 떳떳지 못하고, 주눅 들지요. 관련 기관을 방문하면 '어떤 이야기를 하게 될까?' '무슨 이야기를 어디까지 해야 할까?' '상담사가 내가 했던 고민들을 공감이나 해줄 수 있을까?' (전문직 경력자의 경우)내가 일했던 직종을 알기는 할까?'와 같은 고민을 거듭하며, 관련 기관을 찾아가기까지 쉽게 발길이 떨어지지 않지요.

용기를 내어 일자리 관련 기관에 방문을 하고, 들어섭니다. 그런데 들어서자마자 분위기에 압도됩니다. 입구에 안내 창구가 있는 경우, 어딘가로 가라고 안내해주시겠지요. 안내 창구가 특별히 마련되지 않은 경우, 모두 무언가 집중해있고, 이 넓은 공간에서 나는 어디로 가야 하는지 그때부터 심리적으로, 물리적으로 방황하게 됩니다. 공간을 한 번 둘러보면, 상담사로 보이는 사람들이 마치 은행 창구처럼 쭉 성벽을 쌓고, 각자의 일로 다들 바쁩니다. 쭈뼛쭈뼛 어딘가 빈자리에 앉으면 상담사가 심드렁한 표정으로, 어떻게 오셨냐고 물으며, 하얀 종이 뭉치부터 작성하라고 내밀지요. 위축된 마음은 이제는 불편한 마음으로 바뀌어, 내키지는 않지만, 우선 펜을 들고 종이에 무언가를 적으려 항목을 살펴봅니다.

우선, 이름과 주민등록번호, 주소, 전화번호 등 일체의 개인 정보를 적습니다. 간혹 주민등록번호에서부터 '뒷자리까지 다 적어야 하냐.'로 실랑이하기도 합니다. 위 항목을 다 적고 나면 그다음 문항부터 바로 가슴이 콱! 답답함을 느끼게 됩니다.

Q. 희망직종은?

항목을 보는 순간, 생각이 많아지지요. 내가 무엇을 해야 할지 몰라 이곳에 방문했는데, 갑자기 희망직종을 적으라고 하니 난감할 수밖에요.

'대체 무엇을 적어야 하지?' '내가 할 수 있는 것이 있을까?'

여차여차 알거나, 생각하고 있는 무언가를 적고 나면, 다음 문항에 더 가슴이 답답해질 것입니다.

Q. 보유 자격증은?

흠…. 대다수 많은 구직자가 어떤 자격증을 어디까지 적어야 할지 고민하게 됩니다. 그냥 재미 삼아 취득한 자격증도 있을 테고, 가지고 있는 자격증이 앞으로 할 일에 크게 연결이 되지도 않는 것 같기도 하고요. 만약 취득한 자격증이 하나도 없다면, 없는 대로 '자격증이 취득한 것 하나도 없는데…. 없으면 안 되는 건가?'라고 생각하실 겁니다. 이런 과정을 항목마다 몇 차례 겪고, 대충 완성하여 상담사에게 제출하게 됩니다.

그러면 상담사가 그것을 보고, 시스템에 얼렁뚱땅 등록하더니, 일자리 나오면 안내해준다 할 겁니다. 그러면 구직자 입장에서는 가슴이 갑갑한 것이, 더 이상 이곳과 이 상담사에 믿음이 사라집니다. 아마 다들 크게 공감하셨을 겁니다.

그렇다면 다음 상황을 살펴보겠습니다.

<상황 2>
상담사: 안녕하세요? 오늘 날씨가 참 좋지요? 날이 많이 따뜻해졌어요. ○○센터는 어떻게 알고 오시게 되었어요?
구직자: 취업하려고 왔는데요.
상담사: 어떤 직무로 취업을 희망하시나요?

> 구직자: 음…. 경리요….
>
> 상담사: 경리사무원으로 근무하신 적 있으신가요?

어떠신가요? 비슷한 일자리 기관에 방문하였는데, 상담사가 구직자를 맞이하는 방법이 조금 다르지요? 우선 〈상황 2〉는 바로 본론부터 들어가기보다는 날씨를 말하며, 분위기를 부드럽게 유도하고 있습니다. 그리고 ○○기관에 어떻게 방문하게 되었는지 방문 경로를 탐색하고, 이후에 직무에 대해서 하나둘씩 질문을 하고 있네요.

구직자로서 나는 어떤 상담사와 상담을 진행하고 싶으신가요? 아무래도 〈상황 1〉보다는 위에 언급한 〈상황 2〉가 조금 더 마음이 편안하게 느껴지지 않으신가요? 반대로 직업상담사로서 일을 시작하신 분이라면, 혹 마음이 급해 내가 〈상황 1〉처럼 초기상담을 진행하고 계시지는 않으신가요?

여성새로일하기센터나, 고용센터, 시군구 일자리센터같이 단회성 창구 방문상담을 하든, 국민취업지원제도(구. 취업성공패키지)처럼 예약상담을 하든, 기관과 참여하는 사업에 따라 조금씩 다르지만, 일자리 기관에 처음 방문하는 구직자와 하는 상담을 초기상담이라 합니다. 그렇다면 어떻게 초기상담을 해야 할지 살펴보겠습니다.

결론부터 말씀드리자면 '**서류(구직등록표)부터 내밀지 말자.**' 입니다. 제가 직업상담사로 입직하여, OJT에서 가장 처음 교육받은 것이 바로 이 '구직표부디 내밀지 말자!'였습니다. 당시 신입인 저는 굉장히 충격적으로 느껴졌던 기억이 납니다. 제가 지금껏 방문했던 일자리센터의 대부분의 상담사가 〈상황 1〉처럼 서류부터 작성하시라는 식의 상담으로 진행했기 때문이지요. 그런데 그것을 하지 말라고 하시니, 말문이 막혔습니다. 팀장님께서는 위의 과정들을 쭉 말하시며, '내가 구직자라면 기분이 어떠할 것 같으냐.'고 물어보셨습니다. 그제야 그 말이 이해가 되었습니다.

직업상담사 자격증을 취득하며, '라포(Rapport)'라는 단어를 들어보셨을 겁니다. 라포(Rappart)는 '상담이나 교육을 위한 전제로 신뢰와 친근감으로 이루어진 인간관계[02]'를 의미합니다. 초기상담에서는 구직자와 상담사 간 이 라포형성이 굉장히 중요합니다. 이 라포형성만 원활하게 이루어진다면 앞으로 상담이 온화하고, 따뜻하며, 긍정적인 방향으로 진행되기 때문입니다. 또, 라포형성는 구직자를 올바른 방향으로 이끌기 위해서도 중요합니다.

사람을 대면하여 의사소통할 때, 상대의 전체 평가에 영향을 미치는 요인으로는 어떤 것들이 있을까요? 의사소통에서

---

02   국립특수교육원 저,《특수교육학 용어사전》, 하우, 2018

그 사람을 판단하는 요인으로 언어, 억양, 목소리, 태도, 인상 등 다양합니다. 누군가와 대화하며, 상대가 전하는 메시지보다 나를 대하는 태도에 기분이 상하신 경험, 대부분 한 번쯤은 있으실 겁니다. 이 경우 상대의 학력, 지식, 인성 등과 별개로 그 사람에 대해 어떤 평가를 내리고 싶으신가요? 그 사람을 어떤 사람으로 기억하고 계신가요? 아마 긍정적으로 기억되지는 않을 겁니다.

의사소통에서 언어(말)로 표현되는 언어적 의사소통이 어느 정도 차지하는지 고민해본 적이 있으신가요? '메러비안의 법칙'에 따르면 전체 의사소통에서 언어적 의사소통은 7%에 불과하다고 합니다. 그에 반해 목소리(음성) 38%, 표정 35%, 몸의 자세, 신체 움직임, 눈 깜박임 등의 신체적 표현과 태도가 20%를 차지하여, 반비언어적 의사소통이 93%나 차지합니다. 초기상담을 할 때 말의 내용도 중요하지만, 상담자의 표정, 용모, 행동 등 비언어적인 요소가 더 중요한 의미를 지님을 인식하고 상담에 임해야 합니다.[03] 상담 시 상담사와 구직자 간 원활한 라포형성을 위해 구직자의 감정, 사고, 경험에 대한 이해가 바탕이 되어야 합니다. 그를 위해 상담사의 언어적인 표현뿐 아니라 구직자의 말, 억양, 표정 등 반비언어적인 표현도 구직자에 맞추려고 하는 노력이 필요합니다.

---

03   여성새로일하기센터 종합매뉴얼 『구직자 취업지원 서비스』

구직자가 방문하면, 친절하게 인사하고 응대합니다. 구직자가 자리에 앉고, 상담자 – 구직자 간 서로 상담할 준비가 된다면, 날씨 등 가벼운 이야기로 편안한 분위기를 형성하며 상담을 시작합니다. 구직자가 스스로 마음을 열고, 친근감을 느낄 수 있도록 라포를 형성할 수 있도록 구직자의 말을 경청하면서, 방문 경로나 목적을 파악합니다. 구직자는 일자리 기관에서 구직활동을 하려면, 어떠한 절차를 거쳐야 하는지 궁금하므로, 관련 절차를 설명해야 합니다. 아무런 설명도 없이, '구직신청서'를 내밀며, 적으시라고 하면, 위의 〈상황 1〉에서 느낀 바처럼 구직자는 당황스럽고, 마음이 불편해지겠지요? 그래서 서류를 먼저 내미는 태도는 지양해야 합니다.

다음으로 구직자에 대한 호칭입니다. 구직자는 남녀노소를 막론하고 '선생님'으로 호칭합니다. 20대 청년 구직자의 경우 '선생님'이라는 용어를 굉장히 어색해하고, 낯설어할 수 있습니다. 그렇지만 구직자 본인에 대한 '존중'의 의미이므로, 익숙해질 수 있도록 합니다. 그런데 상담을 진행하고, 회기가 쌓여, 서로 간 편해질 때가 있습니다. 그렇다 하더라고 구직자를 편안하게 맞이한다는 생각으로 허물없이 반말을 하는 경우가 있으나, 반말은 반드시 삼가고, 그때에도 반드시 존칭을 사용해야 합니다. 특히, '아줌마' '어머님' '아버님' 등의 호칭은 반감을 살 수 있으므로, 자제해야겠지요.

초기 분위기를 형성했다면, 구체적으로 질문해야 할 항목에 대해 알아봅시다. 서류부터 내밀지 마시라고 말씀드렸는데요. 서류를 먼저 내밀며 작성하지 않는 대신, 구두로 서류에 작성할 내용들을 먼저 질문하는 것입니다. 혹은 구직신청서를 구직자와 이야기 나누며, 같이 작성하는 것입니다. 구두로 구직신청서 항목을 질문하려면 세부 항목에 대해 상담사는 잘 알고 있어야겠지요? 서류부터 먼저 내밀지 말라는 것이 초기 상담사 - 구직자 간 라포형성에도 중요한 작용을 하지만, 구직자가 스스로 질문에 답하며, 자신의 방향성이나, 생각을 정립하는 데도 효과적으로 작용합니다. 구직신청서를 살펴볼까요?

구직신청서(상용직용)

구직인증번호(접수번호)	접수담당자 작성란	접수일　년　월　일	(처리기간 1 일)

□ 다음 사항을 읽고 구직신청서를 작성하시기 바랍니다.

> 1. 구직신청서 제출 시 **본인 확인**을 위해 아래의 **첨부서류**를 제출해야 합니다.
>   - 주민등록증, 운전면허증 또는 여권 등 신분증 사본 1부(최초로 구직신청을 하는 경우만 해당합니다)
> 2. **구직신청의 유효기간은 3개월**(구직급여 수급자, 직업훈련 참여자 및 직업안정기관의 취업지원프로그램에 참여하는 구직자 및 국외 취업희망자는 예외)이며, **유효기간이 지난 후에도 취업알선 서비스를 계속 제공 받으려면 구직신청서를 다시 제출해야 합니다.**
> 3. 구직등록 중 **취업 또는 창업**을 한 경우에는 구직신청한 기관이나 워크넷(http://www.work.go.kr)을 통해 **구직 마감 요청**을 해야 합니다.

□ 구직신청인의 개인정보 수집 · 이용 등에 관한 사항을 읽고 동의 여부를 작성하시기 바랍니다.

> 1. 개인정보 수집 · 이용 동의 여부 [ ] 동의　　 [ ] 동의하지 않음
>   ※ 구직자의 취업알선을 위해 신청인의 구직정보 및 고용보험 가입 이력을 수집 · 이용하는 것에 대한 동의 여부입니다. 동의하지 않은 경우 원활한 취업알선과 관련된 업무처리에 일부 제한을 받을 수 있습니다.
> 2. 적합한 구인자의 알선을 위해 **다른 기관(시스템)에 신청인의 구직정보를 제공**하는 것에 동의하는 경우 해당 기관에 √ 표시하시기 바랍니다(제공기간: 신청자의 구직신청 유효기간).
>   [ ] 지방자치단체 등 공공기관 [ ] 여성새로일하기센터 [ ] 한국장애인고용공단
>   [ ] 그 밖의 취업지원 기관　 [ ] 동의하지 않음
>   ※ 다른 기관의 구직자 취업알선을 받을 수 있도록 하기 위해 신청인의 구직정보, 고용보험 가입 이력, 구직급여 등 수급 이력, 직업훈련 이력, 자격정보 및 지원받은 각종 고용서비스 내용을 제3자에 제공하는 것에 대한 동의 여부입니다. 동의하지 않는 경우에는 다른 기관의 고용서비스 제공에 일부 제한을 받을 수 있습니다.
> 3. 신청인의 구직정보를 **워크넷을 통해 공개**하는 것에 대하여 **동의**하십니까?
>   (제공기간: 구직신청일부터 1년)
>   [ ] 동의　　　　 [ ] 동의하지 않음 (비공개 사유:　　　　　　　)
>   ※ 예) 이름, 성별, 나이, 직종, 희망임금, 희망근무지역, 경력, 학력 등이 기업 인사담당자에게 제공됩니다.

□ 취업지원과 관련된 사항을 읽고 동의 여부를 작성하시기 바랍니다.

> 1. 안정적 일자리에 취업하기 전에 일용근로를 희망하는지 여부 [ ] 희망 [ ] 희망하지 않음
> 2. 구직신청의 목적(이유)
>   [ ] 취업알선 [ ] 구직급여 [ ] 국민취업지원제도 [ ] 직업훈련 [ ] 기타(　　　)
> 3. 취업알선 희망시기 [ ] 즉시 [ ] 대기 기간 필요 (　년　월　일까지)
>   ※ 직업훈련 또는 그 밖의 프로그램 참여 등으로 즉시 취업이 어려운 경우에는 그 기간이 종료되는 날짜를 적습니다. 이 경우 그 기간이 종료되는 날 다음날부터 취업알선 서비스가 제공됩니다.
> 4. 취업희망풀 가입 동의 여부(여성가장, 중증장애인 및 도서지역거주자만 해당합니다)
>   동의([ ] 여성가장 [ ] 중증장애인 [ ] 섬 지역 거주자 [ ] 희망하지 않음)
>   ※ 취업희망풀에 가입하여 고용센터 등의 구직알선을 통해 취업하는 경우에는 고용촉진 지원금의 지급대상이 될 수 있습니다. 가입희망자는 가입대상자임을 증빙할 수 있는 서류를 제출해야 합니다. 구체적인 사항은 접수담당자에게 문의하시기 바랍니다.
> 5. 구직신청 마감 시 유선 확인을 통한 재신청 희망 여부 [ ] 희망 [ ] 희망하지 않음
>   ※ 희망하지 않거나 체크하지 않은 경우에는 본인이 직접 방문하거나 워크넷을 통해 다시 신청해야 합니다.

「직업안정법 시행규칙」 제2조제1항에 따라 구직신청합니다.

　　　　　　　　　　　　　　　　　　　　　　　　　년　　　월　　　일
　　　　　　　　　　　　　　　신청인　　　　　　　(서명 또는 인)

직업안정기관의 장　　　　　　　　　　귀하

210 mm × 297 mm [백상지(80 g/m2) 또는 중질지(80 g/m2)]

□ 필수 작성 사항

※ 아래의 사항은 모두 적고, [ ]에는 해당하는 곳에 √ 표시를 합니다.

인적사항	성 명			주민등록번호		
	주 소	(현 거주지)				
	전화번호			휴대전화		
	전자우편			알림수신 설정 [ ] 전자우편 [ ] 문자 서비스		

학력사항	최종학력	전공(부전공)		재학기간	~
		[ ]졸업(예정) [ ]수료 [ ]재학 [ ]휴학 [ ]중퇴 [ ]검정고시 [ ]무학			

희망취업조건	희망직종	직종명	희망입사형태 (경력기간)	희망 세부 직무내용
			[ ]신입 [ ]경력 (년 개월)	
			[ ]신입 [ ]경력 (년 개월)	
			[ ]신입 [ ]경력 (년 개월)	
	근무지역	1순위 ( )시·도 ( )구·군 2순위 ( )시·도 ( )구·군	[ ] 지역무관	
	희망임금	[ ] 연봉 [ ] 월급 [ ] 일급 [ ] 시급 ( )원 이상 [ ] 면접 후 결정 가능		
	고용형태 (복수선택 가능)	[ ] 기간의 정함이 없는 근로계약 [ ] 기간의 정함이 있는 근로계약 [ ] 시간(선택)제		
		[ ] 교대제 근무 [ ] 파견근로 [ ] 대체 인력* [ ] 관계 없음 [ ] 재택근무 희망		
		* 출산휴가, 휴직 및 근로시간 단축에 따른 대체 인력을 말합니다.		
		근무가능(희망)시간 (: ~ :), (: ~ :)		

□ 선택 작성 사항

※ 아래의 사항은 해당 사항이 있는 경우만 적고, [ ]에는 해당하는 곳에 √ 표시를 합니다.

구직정보 추가확인 사항	경력사항	근무처	직위	담당업무	근무기간		
					년 월 ~ 년 월		
					년 월 ~ 년 월		
	보유자격 (면허)			(년 월 일 취득, 발급기관:)			
				(년 월 일 취득, 발급기관:)			
	교육훈련 이수현황	훈련 과정명		훈련기간	세부훈련내용	훈련기관명	
				년 월 ~ 년 월			
				년 월 ~ 년 월			
	전산 활용능력	[ ] 문서 작성 [ ]스프레드시트 [ ] 프레젠테이션 [ ] 회계프로그램 [ ] 기타( )			운전 능력	[ ] 운전면허증 [ ] 차량 소지자	
	외국어 능력	외국어명	수준	공인시험 명칭	응시일	등급·점수	
			[ ]상 [ ]중 [ ]하		년 월 일	급(점)	
			[ ]상 [ ]중 [ ]하		년 월 일	급(점)	
	병역대체 근무희망	[ ]산업기능요원	[ ] 현역병 입영 대상자 [ ] 보충역 대상자	[ ] 전문연구요원	국외취업 희망여부	[ ] 희망	
	※ 그 밖의 희망사항(보조공학기기 및 근로지원인 지원, 통근버스 운영 및 직장보육시설 설치 등)						

직업안정법 시행규칙에 따른 '구직신청서(이하 구직표)'[04] 양식입니다. 앞면에는 개인정보 수집·이용 동의 여부와 타 기관 연계 동의 여부를 작성하는 면입니다. 우리가 핵심적으로 다루어야 할 면은 뒷면입니다. 상단에 기본적인 인적사항란에 '성명, 주민등록번호, 주소, 연락처, 전자우편'이 있고, 아래 최종학력을 기재합니다. 그리고 직업상담에서 가장 중요한 '희망직종, 입사형태, 경력, 희망근무지역, 고용형태, 희망임금'을 작성하게 됩니다. **구직신청서는 구직상담의 기초자료로 활용되며, 상담사가 알선을 할 때에도 활용되는 기본이자 가장 중요한 정보입니다.**

구직신청서 작성 자체에 불편함을 느끼거나, 반감을 가지는 구직자가 있을 수 있습니다. 그때는 구직상담이나 취업지원을 받기 위해서는 반드시 필요한 사항임을 충분히 안내해야 합니다.

구직신청서는 공문서임을 안내하고, 가급적 수정하지 않습니다. 상담사 역시 구직표에 불필요한 메모를 자제해야 합니다. 또한, 구직자 본인 '자필' 기재함이 원칙입니다. 다만, 문맹이나 고령자로 자필 기재가 어렵다면, 구직표 상단에 사유를 상담사가 기재하고, 대필합니다. 이후 상담일지에도 관련 사항을 남겨두어야 합니다.

---

04 기관마다 구직표의 양식이 다를 수 있습니다.

구직신청서의 세부적인 내용을 살펴보면,

1) 주민등록번호

: 주민등록번호는 전체 13자리 모두 기재합니다. 개인정보 때문에 불편해하는 구직자는 고용노동부의 법적 양식이며, 외부에 활용하는 것이 아닌, 본인의 취업지원 서비스를 위해 활용됨을 안내합니다.

2) 주소

: 현재 자신이 거주하고 있는 곳을 작성합니다. 거주지 이전을 고려 중이라면, 자신이 취업하고자 하는 지역과 가까운 곳으로 작성하도록 합니다.

3) 연락처

: 구직자 본인이 직접 연락이 가능한 휴대전화 번호로 기재할 수 있도록 합니다. 한국어 소통이 원활하지 않은 외국인의 경우, 한국어 소통이 원활한 지인 번호를 함께 기재해둡니다.
예) 결혼이민여성 → 남편/같은 나라 친구

4) 최종학력

: 최종학력을 재학, 졸업, 중퇴로 구분하여 작성하도록 합니다. 세부연도는 생략해도 좋습니다. 간혹 고령자 구직자의 경우 무학이나 초, 중졸 등 학력 낮음으로 스스로 불편해하시는

경우가 있습니다. 이때 상담사는 당황하지 말고, 부끄러운 것이 아니며, 일자리 정보제공을 위해 필요하다는 것을 안내합니다. 희망하신다면 야학, 검성고시 등을 통해 부족한 학력을 보충할 수 있는 방법을 안내해도 좋습니다.

5) 희망직종

: 희망하는 직종을 구체적으로 기재할 수 있도록 합니다. 예를 들어 '사무직'이라고 말하는 구직자에게 '사무직'은 일을 하는 장소를 지칭하는 분류임을 안내하고, '경리 회계사무원' '무역사무원' 등 보다 구체적으로 작성할 수 있도록 합니다.

어떤 직종을 선택해야 좋은지 모르겠다고 말하는 구직자의 경우, '구직등록표'는 취업 서비스 등록을 위해 필요한 서류이므로, 관심을 가지는 직무와 직종을 임의적으로 기재할 수 있도록 안내하고, 이후 추후 상담을 통해 자신이 방향성을 설정할 수 있도록 합니다.

6) 경력

: 가장 최근에 그만둔 직장의 경력부터 역순으로 기재할 수 있도록 합니다. 구직표상 기재하지 않더라도 언제 그만두었는지, 얼마나 근무를 하였는지, 어떤 직무로 근무하였는지, 직전 회사의 퇴사 사유도 함께 질문하여, 심층적으로 파악할 수 있도록 합니다. 사회경험이 없는 사회초년생의 경우 아르바이트, 인턴 등을 기재합니다.

7) 희망근무지역

: 일자리 기관에서 주로 사용하는 워크넷에는 시군구 단위 3개까지 입력이 가능합니다. 자신이 생각하기에 거주지에서 출퇴근이 가능한 지역을 기재할 수 있도록 합니다. 직무에 따라 조금 차이가 있지만, 가급적 군구 형태로 범위를 좁혀 기재할 수 있도록 합니다.

8) 고용형태

: 고용의 형태에 따라, 상용직, 계약직으로 나뉘는 것을 안내합니다. 관련 용어의 차이를 질문하는 구직자에게는 관련 차이를 설명해줄 수 있어야 합니다. 또한, 근무시간에 따라 시간제를 희망하는 경우, 희망하는 시간대도 기재해두면 도움이 됩니다.

9) 희망임금

: 한 달을 기준으로 자신이 생각하는 임금의 최소 하한선을 연봉, 월급, 시급(택1)의 형태로 기재할 수 있도록 합니다. 경력단절이 오래된 구직자의 경우 현실감각이 부족하여, 실제 노동시장과 괴리감이 클 수 있습니다. 이때는 이 정도 금액은 힘들다는 식의 직접적인 말보다는 워크넷 등 구인 사이트의 구인정보를 활용하여, 스스로 임금 수준을 파악할 수 있도록 하는 것도 좋은 방법입니다.

다음은 구직표에는 기재하지 않지만, 구직자의 구직조건을 보다 심층적으로 파악하기 위해 추가적으로 질문할 사항입니다. 이 내용우 다음 장에서 언급하는 상담일지에 자세하게 기재되어야 합니다.

1) 자녀 보육현황

: 자녀가 있는 구직자의 경우 반드시 필요한 문항입니다. 특히, 초등학교에 입학하지 않은 미취학 자녀를 양육하는 여성 구직자의 경우 '자녀'가 근로에 많은 영향을 미칩니다. 때문에 아이 수, 아이 나이, 보육형태 (예) 근무시간 동안 친정어머니가 돌봄. 어린이집 보육서비스. 아이돌보미) 등을 파악할 필요가 있습니다. 구직자에게 질문을 통해 '자녀'와 관련된 논의거리를 스스로 생각해보고, 대비책을 마련할 수 있도록 안내할 필요가 있습니다.

2) 취업장애요인

: 구직자 스스로 생각하기에 취업에 장애요인이 되는 점을 살펴보도록 합니다. 대부분 '자신감 부족' '나이' '자격증 부족' '정보 부족' 등의 이유이며, 간혹 '가족의 반대' '아이 양육' 등도 이유가 될 수 있습니다.

3) 취업욕구(의지)/취업시급성

: 사실 이 항목은 상담사가 객관적으로 쉽게 파악하기는 어

려운 질문이지만, 반드시 확인할 필요가 있습니다. 다만, 주의하셔야 할 부분은 본인이 말하는 취업의 시급성과 취업의 욕구가 일치하지 않는 경우가 있습니다. 다시 말해 취업이 시급하다고는 하나, 취업의 욕구가 크게 없는 경우도 많습니다. 때문에 상담사가 면밀히 구직자의 욕구를 파악할 필요가 있습니다. 구직욕구를 높이는 것이 시급한지, 일자리 정보가 시급한지 등입니다.

4) 보유 자격증

: 운전면허를(운전면허의 경우 실운전이 가능한지 파악합니다) 포함하여, 보유한 자격증을 기재합니다. 가급적이면 희망직무와 연관되면 좋지만 꼭 그렇지 않아도 됩니다.

5) 경제적 부양수단

: 구직활동을 하는 데에도 경제적인 수단이 필요하기 때문에 경제적 부양수단을 파악합니다. 그동안 자신이 모아둔 자금을 활용하는 경우, 평균적으로 소비했을 경우 자금을 사용할 수 있는 기간에 따라 구직욕구나 취업의 시급성과 연관 지을 수 있습니다.

6) 예상 취업시기

: 구직자가 생각하기에 예상하는 취업시기를 질문합니다. 직업훈련을 희망한다면 직입훈련을 수강했을 경우, 그만큼 취업시기가 뒤로 늦추어지기 때문에 염두에 둘 필요가 있습니다.

7) 기타

- 복용하고 있는 약

: 주기적으로 복용하고 있는 약물이나, 질병이 있는지 파악합니다. 약물치료가 필요하다면 얼마 만에 한 번씩 병원에 방문해야 하는지, 그 질병이 근로와 어떤 연관관계를 가지는지, 약 처방을 위한 병원 방문 시 주말/야간 활용은 가능한지 등 심층적으로 파악합니다.

- 인상, 외적 특성, 언어 표현력, 특이한 행동 특성 등도 파악합니다.

- 그 외 구직자와 관련된 사항을 가급적 자세하게 기록해 두면 구직자 파악에 매우 도움이 됩니다.

예) 하나의 항목에 지나치게 오래 고민하는 경향이 있음.

구직신청서의 항목을 대략적으로 살펴보았으니, 이제는 실제 초기상담을 해볼까요? 구직자가 처음 기관을 방문하면,

1) 간단한 안부를 묻습니다.

: 이때는 반드시 상담 참여 의지를 높이고, 긍정적인 에너지를 전달하기 위해 긍정적인 단어를 사용하도록 합니다.

예) 비가 와서 미세먼지가 좀 깨끗해졌지요? (O)

비가 와서 오시는데 힘드셨지요? (X)

2) 기관/사업을 참여하게 된 경로를 파악합니다.

예) 어떻게 ○○사업을/○○○기관을 아시게 되었나요?

3) 시스템에 대해 간략하게 설명합니다.

예) 국민취업지원제도는(or ○○○○○사업은) 단계별 취업 지원 서비스로~~

○○기관은 직업교육부터 취업알선까지 선생님의 취업을 돕는 기관입니다.

4) 구직신청서의 내용을 구두 질문합니다. 이때, 구직신청서 작성이 왜 필요한지에 대해 함께 설명합니다.

예) 기존에 어떤 일을 하셨어요?

언제까지 근무를 하셨나요?

퇴사하신 이유는 어떻게 되시는지요?

대학 전공은 어떻게 되시나요?

전공을 살린다면 어떤 직무로 일을 하려고 하시나요? 등

5) 질문을 바탕으로 서류를 작성하도록 합니다.

확실히 이렇게 진행한다면, 그저 서류를 내밀고, 작성하시라고 하는 것보다는 좀 더 분위기가 부드러워집니다. 구직신청서의 칸을 채워가는 구직자 입장에서도 조금 가벼운 마음으로 칸을 채우시곤 합니다. 서류를 작성하다, 고민하시는 부분이 생기면, 아까 이야기 나눈 내용 중에 있으면, 그것을 작성하도록 하고, 그것이 아니라면, 어떤 점이 고민스러운지에 대해 추가적으로 질문합니다. 이렇게 진행하였을 때, 상당수의 구직자가 마음의 빗장을 풀고 자신의 이야기를 이야기합니다.

이렇게 구직신청서를 작성하며, 나눈 이야기들은 상담사는 구직신청서라는 서류로 보관하기도 하지만, 상담일지에 상세하게 기재해야 합니다. 상담일지에 대해서는 다음 장에서 다루도록 하겠습니다. 상담이 일단락되면, 다음 회기 상담 약속을 잡거나, 구직자에게 적절한 과제를 부여하여, 다음 상담으로 이어질 수 있도록 합니다. 그리고 상담을 마무리합니다. 마무리하기에 앞서 한 가지 중요한 것이 남았습니다. 상담자와 구직자 간 '서로가 지켜야 할 약속'을 규정하는 것입니다. 상호 간의 역할을 부여하여, 구직자 스스로 자신의 취업을 위해 책임감을 가질 수 있도록 합니다.

<내일을 위한 약속>

1) 일자리 기관은 취업을 전적으로 시켜주는 것이 아니라, **취업을 위해 지원해주는 것이며, 취업에 대한 책임은 본인에게 있습니다.**

2) 상담사는 답을 내려주지 않습니다.

3) 시간 약속을 잘 지킵니다.

: 나의 시간이 중요한 만큼, 다른 사람의 시간도 중요합니다. 상담시간에 변동사항이 생기면 반드시 사전에 연락할 수 있도록 합니다.

상담에 정답은 없다고 생각합니다. 상담 역시 기술이기에 상담을 누적하다 보면, 그것이 각자의 노하우로 쌓이게 됩니다. 구직등록표부터 작성하게 하고, 구직자의 이야기를 들어도 무방합니다. 실제로 옆자리 동료 선생님께서는 구직자와의 초기상담에서 구직신청서부터 작성하고, 상담을 풀어가시는데도, 옆에서 보기에 구직자 누구 하나 불쾌하거나 무례하게 느끼지 않기도 합니다. 이것은 각기 상담사의 역량이자, 상담자 스타일이라고 생각합니다.

그럼에도 불구하고, '구직표부터 내밀지 말라.'는 이야기를 길게 하는 이유는 개개인 특성이 다른 '사람을 상대하는 업'이기 때문입니다. 특히 상담의 경력이 많지 않은, 초보 상담사는 스스로 마음의 여유가 없어, 자칫 상담일지 등 행정업무가 우선시되어, 가장 중요한 상담 업무가 소홀해질 수 있습니다. 그리고 짓궂게 굴거나, 어려운 케이스의 구직자에 끌려갈 우려가 있습니다. 때문에 구직신청서 항목에 대한 질문을 통해 구직자 스스로 말을 많이 하도록 합니다. 그로써 잔뜩 얼어붙어 있는 구직자의 심리적 빗장을 조금이나마 풀게 하여, 긍정적인 방향으로 이끌게 하는 데 도움이 됩니다. 심리학적으로도 상호 간의 대화에서 자신이 말을 많이 하면, 심리적으로 거리가 좁혀지고 친밀해진 것으로 생각한다고 합니다.

고백건대, 저 역시 지금껏 상담을 하며, 밀려있는 일 걱정에, 언제 저걸 입력하지 하며, 소위 불성실하게 상담한 때도 있습니다. 그런 경우 역시나, 구직자와 상담자인 저 모두 마음이 열리지 않았고, 구직활동으로 이어지지도 않았습니다. '상담'이라는 것이 '사람의 일'이기에 매뉴얼이라는 것이 존재하지 않습니다. 그럼에도 이렇게 초기상담에 대해 이야기하는 것은 '어떻게'를 고민하는 예비 직업상담사 선생님들과 초보 직업상담사 선생님의 고민에 조금이라도 도움이 되었으면 하는 바람입니다.

의식 흐름대로 쓰는
상담일지

:

"나중에 처치내용을 진료기록지에 다 기록해야 하잖아. 메모하는 사람도 안 보이고, 의사는 두다다다다 쏟아내는데 그걸 다 기억할 수 있어?"

"당연히 다 기억하지. 그걸 왜 기억 못 해?"

왜 다들 의학드라마에서 한 번쯤 그런 장면을 본 적이 있을 것입니다. 장소는 응급실. 촌각을 다투는 환자가 119 구급대 들것에 실려 오자, 의사로 보이는 이가 주변 의료 스태프에게 주사며 약물, 검사 등의 처치내용을 아주 빠르게, 다량의 지시를 하고(저의 표현대로라면 두다다다다다 쏟아내고), 그에 따라 스태프들이 일사불란하게 움직이는 모습.

얼핏 보아도 드라마상에서는 메모를 하거나 하는 이도 없는듯한데, 저걸 다 기억할 수 있는가? 분명 생명과 직결되기 때문에, 누락이 생기면 더더욱 안 될 텐데 말입니다. 그도 그럴 것이 정확하게 ○○ml, ○○cc 등 양적 수치를 기록해야 할 것입니다. 분명 저렇게 빠르고 많은 양이라 할지라도 그것을 나중에 누군가는 다 기록에 남겨둬야 할 텐데 말입니다. 의학드라마를 보다, 문득 의문이 생겨, 의료인인 동생에게 물었습니다. 그 업에 종사하는 동생은 당연하게도 모두 기억한다고 합니다. 저는 의학용어를 몰라 어렵게 느껴져 그런가 보다 싶어 그저 넘어갔습니다.

상담일지를 기록하는 저의 상황을 생각하니, 그럴 수도 있겠다 싶어 그제야 이해가 되었습니다. 물론 저는 성향상 건너뛴 이야기의 서사나 맥락을 잘 기억하지만, 정량적 수치를 정확하게 외우는 것은 쉽지 않습니다. 상담에서 수치를 위주로 메모합니다.

앞서 초기상담에 대해 이야기를 나누었습니다. 오늘은 초기상담 후 기록으로 남겨두어야 하는 상담일지에 대해 이야기해보려고 합니다. 상담일지는 왜 작성해야 할까요? 상담일지에는 어떤 내용이 담길까요? 상담일지는 왜 중요할까요? 생각해보신 적 있으신가요?

상담사로서 상담 후 중요한 것을 꼽으라면, 단연코 상담일지입니다. 상담일지는 말 그대로 **'상담의 내용을 기록해둔 문서'** 이기 때문에 굉장히 중요합니다. 그 회차의 상담을 글로써 재현해내어, **구직자의 특징, 경력, 학력, 희망하는 구직조건, 경제적 사정 등** 다양한 것이 적힙니다. 상담일지를 기반으로 다음 상담과 **앞으로의 상담에 방향 설정을 위한 기초**가 됩니다. 또, 지난 회차를 돌아보며, 오늘의 상담을 준비하기도 합니다. 상담을 하기 위한 가장 기본 자료이자, 중요한 자료입니다. 그렇기에 상담일지는 자세하고 세부적으로 기록해두어야 합니다.

그렇게 중요한 상담일지이나, 구직자를 앞에 앉혀두고, 그 내용들을 기록할 수가 없습니다. 상담에서 때때로 구직자의 성향에 따라 '그것 왜 적냐?' '무엇을 적는 거냐?' '내가 한 말 회사에 안 남게 해달라.'와 같이 상담사의 행동에 굉장히 민감하게 받아들이기도 합니다. 직업상담사로 입직 초기, 구직자와 이야기하며, 기억이 휘발되지 않게, PC 메모장에 구직자의 말을 타자하며, 구직자의 말을 따라가고 있었는데, 구직자가 '선생님 일 바쁘시면, 조금 기다리겠다.'고 하여, 아차 싶었던 적이 있습니다. 그 뒤로는 종이에 쓰거나, 기록하더라도 먼저 '저희도 기록으로 남겨야 하고, 선생님의 방향성 설정에 도움이 되기 때문에 기록을 하겠다.'고 먼저 양해를 구하고, 상담을 시작합니다. 즉, 상담 시작 전 상담일지에 대해 작성 내용, 용도, 비밀유지 등 안내하고, 양해를 구해 거부감을 줄일 수 있도록 합니다.

상담 중에 기억이 휘발되지 않게, 키워드 형태로 메모하며, 그 메모가 빠른 시간 내 핵심을 놓치지 않기 위해, 거의 의식의 흐름을 따를 때가 많습니다. 예를 들면 이런 식입니다.

2015. 40개월. ○○동. 간호조무사. 포장. 재미. 막막.

그리고 상담이 끝나면, 의식 흐름대로의 날 것을 읽으며, 공개될 수 있는 형태로 구직자가 했던 이야기들을 떠올리며 표정과 말을 기억해 다듬습니다. 위의 날 것 그대로의 키워드를 공개된 형태로 전환한다면 이런 이야기가 담겨있습니다.

- 2015년 퇴사함
- 간호조무사 구직
- 40개월 아이
- ○○동까지 출근 가능
- 포장 일을 했으나 단순 반복되는 일이 재미없어 퇴사
- 간호조무사를 희망하기는 하지만 자신에게 무엇이 맞는지 몰라 막막한 상황

이를 다시 상담일지의 형태로 전환한다면 이렇습니다.

* 2020.11.23. AM 10:00~11:00

<초기상담>

1) 희망구직사항

– 희망직무: 간호조무사

– 희망급여: 월 200만 원 이상

– 희망지역: ○○시 ○○구 ○○동까지 가능

2) 참여 경로 확인: 지인 ○○○ 추천

3) 가족사항: 기혼. 배우자, 자(40개월)

4) 건강상태: 양호

5) 학력사항: ○○대학교 ○○학과 ○○졸업

6) 경력사항: ○○포장 아르바이트 3년

7) 자격사항: 무

8) 기타 상담

– 2015년 포장 아르바이트를 했으나 단순 반복되는 것이 지루하여 전문적인 일을 하고 싶어서 퇴사함.

– 간호조무사를 희망하기는 하지만 자신에게 무엇이 맞는지 몰라 막막한 상황

상담일지가 중요한 이유 두 번째, 이 기록이 상담자인 '**나를 보호해주는 도구**'가 되기도 합니다. 상담일지를 열어보면, 직접 상담을 하지 않은 사람이 보아도, 구직자를 어느 정도 파악할 수 있습니다. 상담사의 성향에 따라 상담일지의 흐름이 다르지만, 구직자와 상담이 어떻게 진행되었는지, 대략적으로 감이 오고, 그림이 그려집니다. 그 말인즉, 상담일지를 통해 상담사가 어떻게 구직자와 상담을 하고 있는지 그날의 상담을 그릴 수 있습니다. 욕설이나, 폭언을 하는 폭력적인 성향을 가진 구직자라든지, 지속적으로 민원을 넣는 구직자라든지 이러한 일을 자세히 기록해둔다면, 민원으로 시시비비를 가려야 하거나, 혹여나 법적 시비를 가릴 때 상담자를 보호할 수 있습니다.

또 다른 의미에서는 때때로 평가하는 상위기관이나 상위자가 보기에 **상담자의 업무 성실성을 파악하고 평가하는 자료**가 되기도 합니다. 여러 이유로 상담일지 작성이 매우 중요합니다.

그러나 한 가지 꼭 기억해야 할 점은 **상담일지가 중요하더라도 상담일지에 몰두하여, 당장의 상담을 소홀해서는 안 됩니다. 제일 중요한 것은 당시의 구직자와의 상담이고, 관계형성입니다.** 구직자와 관계형성에 집중하여 상담에 집중하고, 내용을 잘 메모했다가 상담 종료 후 상담일지를 작성합니다.

2

애증의
구직자

경력단절여성 재취업에
가장 필요한 건 지지기반!

:

> 경력단절여성
> **1)** 임신, 출산, 육아와 가족 구성원의 돌봄 등을 이유로
> 경제활동을 중단하였거나,
> **2)** 경제활동을 한 적이 없는 여성 중에서 취업을 희망하
> 는 여성을 말한다.
> – 경력단절여성등의 경제활동 촉진법 제2조

경력단절여성[05]이 재취업하기 위해서는 무엇보다도 본인
을 지지해주는 여러 지지기반이 탄탄해야 합니다. 취업을 하
고자 하는 구직자의 의지도 중요하지만 무엇보다 주변 사람

---

05   경력단절여성: 법적인 정의에서는 경제활동이 없는 모든 여성을 지칭하지만 여기에서는
통상적으로 언급되는 임신, 출산, 육아로 인해 경력에 단절이 생긴 여성을 지칭합니다.

들의 지지가 필요합니다. 가급적이면 전폭적인 지지이면 더욱 좋겠지요.

　30대 후반의 간호조무사를 희망하는 구직자가 방문했습니다. 결혼 전, 일련의 일들을 했지만, 임신, 출산, 육아로 경력이 단절되었다가, 이제 재취업을 희망하는 상황이었습니다. 재취업을 희망하는 경력단절여성 구직자가 일을 구하고자 오시면, 필수질문으로 **'미취학 자녀가 있는지' '있다면 연령이 어떻게 되는지' 그리고 '자신이 일을 하는 데 자녀의 돌봄에 대해 어떤 대책을 세웠는지'**에 대해 질문합니다. 경력이 단절되었다가 재취업을 하고, 안정적으로 일자리에 정착하기 위해서는 반드시 자녀 돌봄 문제가 해결되어야만 하기 때문입니다. 근원적인 문제인 자녀 돌봄 문제가 해결되지 않으면, 재취업과 취업을 하고 나서도, 발목을 잡기 때문입니다.

　초기상담 당시 두 돌이 지나지 않은 어린 미취학 자녀가 있다고 하셨습니다. 그나마 남편분께서 시간을 유동적으로 사용할 수 있는 직업이라 어린이집 등하원을 시킬 수 있다고 하셨습니다. 아이와 어느 정도 의사소통이 가능할 것 같아 구직자 선생님께 엄마가 일하는 것에 대해 아이는 어떻게 받아들이냐고 여쭈었습니다.

　"오늘도 상담받으러 가는데, '엄마 잘 갔다 와! 일 잘하고

와!' 하더라구요."

그 말을 하는 구직자의 표정에 약간의 기대와 약간의 자부심이 스쳤습니다. 그리고 똑같은 질문을 남편분은 어떻게 생각하시냐 묻자, '하고자 하는 일을 전폭적으로 하고 싶은 대로 하라고 했다.'고 합니다. 순간 약간의 얄미움과 부러움이 교차했습니다. 새일센터에 1년 일을 하면서, 제가 연간 담당했던 900명 이상 구직자 중 90% 이상이 경력단절여성 구직자였습니다. 앞에 앉은 구직자의 말이 부러웠던 이유는, 때때로 떠밀리듯 취업을 희망했던 구직자들의 얼굴이 스쳐 씁쓸했기 때문입니다. 전업주부로 지내는 것과 일을 하는 것의 우열의 가치를 둘 마음은 없습니다. 다만, 근로하고자 하는 이유가 남편과 집안에 떠밀려서 나왔던 구직자들이 안타까웠기 때문입니다. 그러한 구직자들과 비교하였을 때, 제 앞에 앉은 이 구직자는 이미 시작 선에서부터 남편과 친정, 시가, 아이까지 보내는 전폭적인 지지를 받고 있었습니다.

경력단절여성의 경우, 재취업을 하고자 하면, 일을 쉬었던 단절기간이 있기 때문에 사회로 나와 재취업을 하는 것에 큰 두려움을 느낍니다. 저 역시 대학 졸업 직후부터 임용고시 준비로 사회경력이 단절되어, 29살 늦은 나이로 새로운 일을 구하고자 할 때, 막막하고 두려운 마음이 가득했습니다. 때문에 재취업의 두려움을 너무 잘 압니다. 저는 저의 일로서 단절을 겪었지만 임신, 출산, 육아의 경우 스스로의 변화뿐 아니라 주변 환경의 갑작스러운 변화까지 염두에 두어야 하기 때문에 보다 두려움의 정도가 클 수밖에 없습니다. 경력단절여성 구직자가 오시면 당장의 9시~18시의 8시간 근무보다 그 두려움을 완화하고, 서서히 직장에 적응할 수 있도록 하루 3~4시간의 파트타임을 권유하기도 합니다.

 그 두려움을 완화할 수 있는 것은 자신의 의지를 바탕으로 주변의 지지가 매우 중요합니다. 그 지지기반이 바탕이 되어야, 구직자 스스로 두려움을 떨치고, 안정적으로 일자리에 정착할 수 있습니다. 그 막막함을 떨쳐내고 취업을 한다고 해도, 주부에서 노동자로 적응하는 것이 결코 쉬운 일은 아닙니다. 그 적응기간을 견디지 못해 퇴사를 하는 구직자를 빈번하게 보았습니다. 그렇기 때문에 더더욱 경력단절여성에게는 지지기반이 중요합니다. 결국 돌봄이라는 근본적인 장애요인을 해소할 방안을 찾고, 철저한 자기이해가 바탕이 되어, 스스로 자신감을 얻는다면 일자리로 취업할 수 있고, 나아가 장기근속으로 이어집니다.

믿는 도끼가 발등은
더 잘 찍는다

⋮

　믿는 도끼에 발등 찍혔습니다. 아니, 믿었던 도끼가 발등은 더 잘 찍습니다. 믿었던 도끼였던 구직자가 발등을 찍고 완고하게 프로그램 참여 중단을 희망했습니다. 구직활동을 하다 보니, 경제적으로 어려워 금전적인 수당을 지원을 해주는 지자체 사업에 참여하겠다는 이유에서입니다. 당연히 정부나 지자체 취업지원프로그램 중복참여가 제한되니 지금의 이 프로그램을 중단하는 것이 더 이득이겠지요. 그런데 지자체 프로그램 신청기간이 오늘 당장 마감이라, 문자메시지 몇 마디로 막무가내 중단해달라는 것입니다.

　지자체 프로그램이 소득분위에 따라 선정되어 선정되지 않을 수 있다는 것과 지금 참여하고 있는 프로그램의 '중단'을 위한 행정처리가 오늘 당장 처리되지 않는다고 몇 번이나 말해서 마음을 돌려보려 해도 구직자는 완고합니다. 만약 오늘 행정처리가 되지 않으면, 지자체 프로그램은 신청조차 되지 않고, 참여 중인 지금의 프로그램은 향후 몇 년간 재참여가 제한됩니다. 그럼에도 구직자는 마음을 바꿀 생각이 없습니다. 애착을 가지던 구직자라 그런지 뒤통수를 맞은 느낌입니다.

당장 다음 달이면 지금의 프로그램 운영기간이 '기간 만료' 됩니다. 참여하는 구직자 입장에서는 '중단'이 되든, '기간 만료'로 끝이 나든 어차피 취업하지 않았으니 크게 상관이 없겠지요. 운영하는 기관 입장에서는 다릅니다. 취업률을 떨어뜨리는 모수임에는 분명하나, 상위기관에서 연말 운영성과를 평가할 때, '중단'은 운영기관에 페널티가 주어지기도 합니다.

심해 저 깊이 자기 우울에 빠져있던 구직자를 믿고, 이야기를 들어주었는데, 이제 상황이 조금 나아지니 당장 얼마의 금전적인 지원이 애가 타는 모양입니다. 이럴 때면 한없이 맥이 빠집니다. 그때의 상담이 계기가 되어, 아니! 계기가 되었기를 바랍니다. '스스로 무언가 하고자 하고, 자기 연민과 무기력에서 빠져나오는 데 씨앗이 되었으면 그것으로 되었다.'고 마음을 위로했습니다. '앞으로 무엇을 하든 응원한다.'는 말을 건네며 마무리 지었습니다. 그래도 쓸쓸한 마음이야 어쩔 수 없나 봅니다.

믿는 도끼가 발등은 더 잘 찍습니다.

구직자를 이길 필요 없지만, 질 필요도 없어요

⋮

한동안 잠잠하던(요즘 친구들 말을 빌리자면) 빌런[06]이 또 시작되었습니다. 10년 넘게 프리랜서 강사로 근무하고, 다시 일을 구하자니 쉽지 않아 찾아온 40대 구직자입니다.

2회차 필수상담까지 상담하다 전임 선생님이 퇴사하서, 상담자가 변경되었고, 제가 담당하게 되었습니다. 왠지 만나지 않았지만, 전임 선생님의 남긴 메모만 보아도 쉽지 않겠다는 생각이 들었습니다. 혹시 하는 느낌은 빗나가지 않습니다. 상담사가 변경되었다고 인사 겸 건 전화에서 느낌이 옵니다. 본인은 재취업이 안되는 이유를 '나이가 많아서'라고 하지만, 취

---

06   빌런: 원래 '악당' '악마'를 의미하는 말이지만, 최근에는 무언가 집착하거나 특이한 행동을 하는 이들을 가리키는 의미로 확장되어 사용되고 있다. - 네이버 사전
+ 블랙컨슈머, 까다로운 고객을 의미로 사용하였음: 저자 덧붙임.

업으로 이어지지 않는 이유를 알 것만 같았습니다. 한 번 전화를 걸면, 저의 한 문장이 채 끝나기도 전 말을 끊고, 다섯 문장을 말하고, 전화를 끊고 돌아서면 세 번 전화가 오는 그런 구직자였습니다.

코로나가 폭발적으로 번지던 2020년 3월 초.
상담에 오셔서 다리부터 꼬시더니, 대뜸

"이 코로나 와중에 무슨 수업을 듣고, 무슨 상담이에요."

하시는 겁니다. 아이고. 재취업을 위해 희망했던 직업훈련도 지금 이 상황에서는 완강하게 듣고 싶지 않다고 하셨습니다. 시간을 좀 두고 상황을 지켜보자 하며 몇 차례 설명에 설명을 거듭하고, 음성도 좀 높아졌다가, 낮아졌다가, 힘을 다빼고, 옆 선생님까지 개입하고, 1시간 반 만에, 저는 지칠 대로 지쳐 구직자를 겨우 달래고 달래 상담을 마무리했습니다. 그리고 한동안 연락이 안 되어, 사실 마음은 편했습니다.

시간이 지나 어느 정도 코로나가 소강상태가 되어, 이제 상담을 재개하는 것이 어떠냐고 여쭈었습니다. 그랬더니 제가 그 당시 하도 미루자고 해서 일정이 다 틀어졌다 하시는 것이 아닙니까. 휴. 어찌 되었든 상담 날짜를 잡았습니다. 이미 기관 내부에는 그 구직자의 악명 높음이 자자했습니다. 상담 당일, 오늘 그 구직자 상담이 있다 하니, 옆자리 선생님께서 제게 혹시 신경 쓰여서 잠을 설친 것은 아니냐고 물으셨습니다.

"오늘은! 안 설쳤어요."
"우리가 구직자를 이겨 무얼 하겠어요? 진다고 해서 선생님이 지는 것이에요? 이길 필요도 없지만 그렇다고 질 필요도 없다고 생각해요. 무조건 저자세에서, 구직자가 말하는 속도에 휘말려 따라가지 말고, 지침대로 원칙대로, 처리하면 됩니다."

상담하는 내내 선생님의 조언을 생각하며, 최대한 천천히 느긋느긋하게, 감정을 내세우지 않고, 구직자의 페이스에 휘말리지 않도록 정신을 바짝 차렸습니다. 방법을 모르신다기에 같이 컴퓨터 화면을 보며, 방법도 알려드리고, 스스로 메모하실 수 있도록 했습니다. 그렇게 힘겨웠던 1시간 상담을 마무리하고 진이 다 빠졌습니다. 그래도 오늘은 무언가 본인이 원하는 바를 어느 정도 충족되셨는지, 그 뒤로는 더 이상 방어적인 태도를 취하지 않으셨습니다.

간혹 중장년층 구직자의 경우, 상담사가 겉보기에 본인보다 젊은 20~30대이면 팔짱 끼고(혹은 다리 꼬고) 앉아 고자세로 소위 '나는 할 줄 모르니, 네가 가진 거 다 내놓아라. (혹은) 네가 다 해줘.' 하는 유형이 종종 있습니다. 이런 경우 초보 상담사들은 어찌할 바를 몰라 구직자가 요구하는 대로 모두 '네네' 하며, 구직자에 끌려다닙니다. 또 어떤 경우에는 평소보다 더 딱딱하고 방어적인 태도로 구직자와의 기 싸움을 하기도 합니다.

고백하건대 저는 후자였습니다. 돌이켜보면 상담사로서 저는 구직자가 스스로 아주 조그마한 변화라도 긍정적으로 변화할 수 있기를 바라는 의도였지만, 왜인지 중장년 구직자와는 그렇게 기 싸움을 했습니다. 특히나 목소리 톤의 성량이 큰 제가 조금만 목소리를 키우면 구직자는 상담사의 의도는 쏙 빼고 감정만 받아들여 결국 서로 감정을 상하고 맙니다. 그러면 더더욱 방어적으로 상담에 임하고 썩 좋지 않은 관계가 형성되지요. 물론 취업의 결과도 좋지 않습니다. 그 모든 것을 알고 계시니 선배 선생님께서 그렇게 말씀하신 겁니다.

책의 원고를 쓰기 위해, 약 일 년 전 써놓았던 이 에피소드를 재편집하며 그때를 다시 떠올리자니 멋쩍고 부끄러워집니다. 당시에는 '초보'로 혹은 그저 '나이 어린 사람'으로 인식되는 것이 무척이나 싫었습니다. 그래서 '전문성 있는 상담사'로 비쳤으면 하는 바람 때문인지 구직자들과 기 싸움에 지지 않으려 그리 애를 쓰고 마음을 썼나 봅니다.

진상 도장깨기⁰⁷인가?

⋮

프리랜서 강사 구직자를 여차저차 마무리했더니, 며칠 뒤 새로운 인물이 나타났습니다. (구직자를 진상으로 표현하자니 조금 미안한 마음이 들지만) 이번에는 30년 넘게 전문직으로 근무하고, 직장이 경영상의 이유로 폐업하여, 퇴사해 재구직이 필요한 50대 구직자가 왔습니다. 사실 어느 정도 상담을 진행하고, 사람들을 만나다 보니, 초기 전화를 해보면 어느 정도 감이 오기도 합니다. 이번에도 초기 전화부터 무언가 쎄한 느낌이 왔는데 아니나 다를까 걱정입니다.

오랜 시간 한 직종에서 장기 근무한 전문직의 경우, 재취업

---

07   도장깨기: 유명한 무술 도장을 찾아가 그곳의 유명한 강자를 꺾는다는 의미 – 네이버 국어사전
+ 저자의 의도: 하나의 어려운 과제를 해내었는데, 더 어려운 과제가 연거푸 일어났다는 의미.

을 하려면 꼭 그 경력이 발목을 잡는 경우가 있습니다. 경력이 없어 '신입은 어디 지원하냐?'는 청년들의 속앓이와 달리 경력이 많은 분은 또 많은 경력이 오히려 속앓이를 하게 합니다. 물리적인 경력이 쌓이는 동안 나이가 함께 많아졌고, 또 경력만큼 연봉이 치솟았을 겁니다. 다행히도 정년까지 계속적으로 일을 하면 모르겠지만, 이렇게 나의 의지와 상관없이 직장을 퇴사하여 재취업을 하려고 하면 고민이 생깁니다. 생계를 위해 재취업을 해야 하는데 대부분의 업체에서 많은 경력을 부담스러워 합니다.

아이러니하게도 이렇게 한 직종에 오래 근무하신 분들의 경우 업체에서만 조율된다면 취업은 또 빨리 되어 마감이 금방 됩니다. 일단 경력이 확실하게 받쳐주기 때문입니다. 문제는 그만큼 또 빨리 그만두고 입사하고를 반복하시는 데 있습니다. 구직자 스스로 오랜 경력이 쌓이는 만큼 조직의 생리를 너무 잘 아는 탓에, 웬만한 곳에 입직을 해서도 성에 차지 않습니다. 심지어 관리자의 위치까지 있었다면 더더욱 이모저모가 마음에 들지 않고, 이 부분은 이래서 손대고 싶고, 저 부분은 저래서 저렇게 손대고 싶습니다. 그것이 결국 기존 조직원들과 갈등이 되고, 그것을 견디지 못해 취업하고 퇴사하고를 수차례 반복하십니다.

이 구직자가 꼭 이런 케이스였습니다. 많은 경력이 재취업의 발목을 잡았습니다. 초기상담에서 본인께서(구직자 발언 그대로) '수도권에서 오래 일했는데, 아랫지방에 내려오니 환경이 너무 후지다.'고 하셔서 깜짝 놀랐습니다. 어쨌든 재취업을 위해, 노동시장을 다시 객관적으로 이해해보자는 이야기를 고깝게 여기셨습니다. 며칠 후 상담시간이 되었는데 연락도 없으시고, 오시지 않아 연락을 취하니, '지금 취업해서 전화 받기가 어렵다.'고 하셨습니다. 오잉? 어제도 카카오톡 메시지로 상담의 변경사항이 있는지 확인했는데 말입니다. 그분의 말로는 어젯밤 늦게 연락을 받았다며, 제게 연락을 해야 하는지 몰랐다고 하십니다. 이런 상황을 대비해 연락을 취할 수 있도록 카카오톡 메신저에 친구 추가해드렸는데 말입니다.

어쨌든 축하한다고 말씀드리고, 3개월 동안 사후관리 기간이며, 취업 후 1개월 내 퇴사하면 재개가 가능하다고 안내드렸습니다. 그랬더니 '어떻게 1개월 다니고, 그 직장이 괜찮은지 아냐고, 상담받으려면 1개월 이내 퇴사하라는 거냐?' 왈칵 화를 내셨습니다. 그리고 며칠 뒤 아무래도 별로라서 그만두었다는 전화가 왔습니다. 다시 한번 함께 찾아보자고 말씀드렸지만 맥이 빠지는 것도 사실입니다.

중장년층이 오시면, 상담이 쉽지가 않습니다. 대부분 '나이가 많아서'라고 이야기하십니다. 간혹 몇몇 분은 상담을 해보면 재취업이 쉽지 않은 이유를 왜인지 알 것만 같은 구직자도 더러 있습니다.

30대 상담사와 40~50대 중장년 구직자의 기 싸움

먼저 주관적인 경험에 의한 생각이므로, 모든 상담자나 구직자들이 그렇다고 일반화하시지 않으셨으면 합니다. 30대 초중반 미혼인 제가 40~50대(혹은 더 연령이 높으신 60대까지도) 중장년층의 상담이 사실 제게는 몹시나 버겁습니다. 청년층의 경우 개개인마다 성향에 따라 다르지만, 그나마 어느 정도 이야기가 통합니다. 저 역시 생애 첫 취업을 위해 마음을 쓰고 힘들었던 시간이 길어서인지, 지금 그 시간을 보내고 있는 청년층과 특히 공감이 잘 이루어집니다. 상담사마다 상담하기가 버거운 계층과 사례가 있을 것입니다.

저의 경우 청년층을 상담할 때보다 중장노년층을 상담할 때 몇 곱절 더 많은 육체적, 정신적인 에너지 소비를 합니다. 그럼에도 중장년층 상담의 경우 서로 간 계속 평행선을 달리는 기분이 들 때가 참 많습니다. 솔직하게 말씀드리면 피할 수 있다면 피하고 싶은 대상이기도 합니다. 에너지를 더 많이 쓰는데도 불구하고, 버거운 이유는 저이 방어기제로서 잔뜩 날을 세우고, 구직자들에 뾰쪽하게 신경전을 벌이고 있는 것일지도 모릅니다. (그분들 표현에 의하면) '새파랗게 젊어서' 혹은 '책상에 앉아서' 무얼 아냐고 하시고, 저는 중장년 구직자에 무시당하지 않으려, 전문적인 상담사로서 주도권을 가져오려고 미묘한 신경전과 기 싸움을 합니다.

초창기 시절 하도 기 싸움을 하고, 도저히 계속 평행선만 달리는 상담에 '내가 결혼을 하지 않아서' 또는 '임신, 출산, 육아를 안 해서'인가 하고 생각하기까지 했습니다. 혹여나 결혼을 하고 일련의 사회적 역할을 다하다 보면, 구직자를 이해하는 데 조금이나마 도움이 되지 않을까 생각도 했습니다. 청년층의 경우, 제가 첫 직장을 가지기까지 했던 노력을 이야기했을 때 공감과 라포형성이 더 잘 되었으니, 더더욱 그리 생각했습니다.

오죽 답답하면, 일을 잘 해내고 싶은 마음에 당시 연애하던 누군가에게 '빨리 결혼'을 종용했던 이유도 부끄럽지만 상당부분 있었습니다. 물론 일련의 사회적 역할을 수행하는 것이 그 대상과 상담하는 데 도움이 될 것입니다. 실제로 기혼 선생님들 중에서 많은 선생님들께서 그러한 과정들과 역할, 그 역할을 수행하며 했던 고민들이 구직자를 상담할 때 도움이 많이 된다고도 하셨습니다. 그래서 농담처럼 '이 업에 계속 일하려면 한 번 갔다 오더라도 결혼을 꼭 해야 한다.'고도 하셨습니다. 지금 당장 '일을 잘하기 위해서' 결혼을 할 수 없는 노릇이니 제 안에서 방법을 찾아야 합니다.

3년간 겪어보니, 중장년 구직자의 경우 일정 유형이 있었습니다. 유형을 안내하기 앞서 일자리 기관을 방문하는 구직자의 특성을 이해할 필요가 있습니다. 직업상담사로 주로 근무하게 되는 공공형태[08]의 취업상담을 하는 곳의 중장년층의 성비를 통계 내면 여성 구직자가 조금 더 많습니다. 여러 가지 요인이 있겠지만 사회경제적인 요인으로 현재 40~60대를 남성의 중장년의 경우 직업인으로서 사회 중추적인 역할을 하고 계신 분들이 많고, 정년이 어느 정도 보장되는 직업에 종사하고 계시기 때문입니다. 정년이 보장되어 퇴직 이후의 직업을 고민하시는 분들의 경우 공공형태 취업지원 기관보다는 아무래도 사기업이나 지인 네트워크를 많이 활용하십니다.

공공형태 일자리 기관에 오시는 남성 구직자의 경우 생계와 절박하게 맞닿아있거나, 구직활동을 하면서도 건설일용직

---

08   공공형태: 구직자에게 금전적인 대가를 받지 않고, 국고나 시군구 지자체의 재원으로 운영되는 형태를 말합니다. 예를 들어 시군의 고용복지센터, 여성새로일하기센터, 시군구 일자리센터, 국민취업지원제도(구, 취업성공패키지) 중장년 일자리센터, 장노년 일자리센터 등입니다.

등의 일을 하고 계신 분이 제법 있습니다. 상담에 참여하시는 대부분의 중장년 유형을 분류해보려고 합니다.

첫째, '네가 가진 것 다 내놔라.' 혹은 '당신이 무얼 해줄 수 있는데?'의 고자세 유형입니다. 이런 구직자들은 상담사가 겉보기에 20~30대로 본인보다 어린 상담자이다 싶으면 다리부터 꼬며, 고자세를 취하십니다. 앉으시며 다짜고짜 '나는 아무것도 모르니, 네가 다 해줘.'나 '당신이 무얼 해줄 수 있어요?' 하는 태도를 취하십니다. 이러저러 노력해보았는데, 잘 되지 않는다며 방법을 물으시거나, 방향 설정에 도움이 필요하다고 하시면 얼마든지 방법을 안내해드릴 수 있습니다. 무조건 상담사에게 의존하려고 하는 유형입니다. 이럴 때면 '취업의 방향성을 스스로 정하는 것이고, 상담사가 답을 내려주지 않는다.'는 각자의 역할에 대해 이야기를 하면 대번에 '도움이 하나 안 되네. 왜 이렇게 성의 없냐?'고 말씀하십니다.

둘째, '어린 네가 뭘 알아?' 유형입니다. 조직에서 오래 직업인으로서 생활을 하다, 퇴사를 하고 재취업을 하고자 하는 구직자들에게서 많이 보이는 유형입니다. 오랜 시간 직업인으로서 자발적인 혹은 비자발적인 퇴사를 하고, 진로를 변경하고자 할 경우, 자꾸만 노동시장에서 눈이 높아져 있습니다. 그래서 노동시장과 본인의 조건을 구체화하거나, 구직기술에 대해 안내드리려고 하면, 꼭 '선생님이 거기 앉아서 뭘 아냐?'고 하십니다.

영업 직무로 20~30년 일을 하시고, 사회보건계열로 재취업하고자 하는 분이 계셨습니다. 서류를 몇십 통 넣어도 입직이 안 된다 하시기에, 서류 컨설팅을 해드렸습니다. 영업과 사회보건계열은 추구하는 가치가 다르고, 영업 직무가 자칫 부정적인 이미지로 작용할 수 있어 영업 이력을 조금 수정해보자고 말씀드렸습니다. 그것이 고까우셨는지 왈칵 화를 내시고 몇 차례 실랑이 끝에 상담을 마무리하였는데 고용센터에 민원을 넣으셨습니다. 재취업을 위해서는 일정 부분 조율이 필요한데 그 '라떼'를 내려놓기가 쉽지 않으십니다.

셋째, '막 필요하지는 않지만, 노니 심심하니까.' 유형입니다. 일종의 찔러보기 쇼핑형 상담을 받으시는 분들입니다. 간절하게 소일거리를 찾으시는 분도 계시지만 주로 50대 이상 중장년층에서 많이 보이는 유형입니다. 자녀가 장성하고, 집에 있으면 무료하시니 쇼핑하듯 일자리센터에 방문하시는 겁니다. 고용센터에 파견 근무를 할 때, 많은 중장년 구직자들이 오셔서 집에 노니 심심해서 왔다고 하셨습니다. 그런데 일자리를 안내해드리면 어떤 날은 '거리가 멀어서', 어떤 날은 '다리가 아파서', 또 어떤 날은 '세탁기를 돌려야 해서' 각각 이유도 다양합니다.

고용센터가 접근성이 좋고, 공공서비스의 특성상 개방되어 누구나 방문이 가능합니다. 그러다 보니 여름에는 더위 식히려 관공서에 마실 삼아 오셨다가 상담받으시는 겁니다. 그런데 또 이분들은 일자리 정보제공을 위해 구직자로 등록을 하자고 권유하면 번거로운 것 싫다고 완강하게 손사래를 치시면서 또 일자리는 한번 보내달라고 하십니다.

넷째, '세상 물정 몰라요.' 유형입니다. 사실 이 경우가 가장 안타까운 유형입니다. 세 번째 유형과 비슷하게 자녀가 장성하고 여유시간에 일을 하고자 방문하시는 50대분들입니다. 현재 노동시장과 조금 동떨어진 이야기를 하십니다. 50대 중후반에 오셔서 단순하게 '커피가 좋아서' 하고 바리스타를 희망하십니다. 그리고 소규모 카페에 취업하여 경력을 쌓고자 하십니다. 정말 그리되면 좋겠지만, 2020년대를 살고 있는 지금의 대한민국에서는 시니어의 일자리가 사실 많지가 않습니다. 점차 시니어 일자리가 늘어난다고 하지만 현재로서는 시니어 중장년들이 일할만한 곳이 마땅치가 않습니다.

위의 중장년 구직자들이 보이는 유형을 살펴보았습니다. 사정이 이렇다 보니, 청년 상담사의 현실적인 이야기들이 어쩌면 중장년 구직자 선생님들에게는 날카롭게 자신을 공격하는 이야기로 들리나 봅니다. 서로의 시대를 살아보지 못한 다름에서 오는 기 싸움이지 않을까 싶기도 합니다. 요즘 20대 청년들의 경우 어쩌면 약았다고 할 만큼 셈에 빠르고, 자신의 잇속 계산이 빠릅니다. 의무는 다하지 않고, 자신의 권리만 취하려고 하는 모습에 화가 날 때도 많습니다. 그래도 청년층과 공감이 잘 이루어지는 이유는 아마도 제가 아직은 그들과 좀 더 가까운 시간을 보냈기 때문이지 않을까요. 지금의 중장년 층과 제가 살아온 시대는 경제적으로나 사회적으로나 너무도 다른 삶을 살았습니다. 그렇기에 아마도 30대 상담사와 40대 이상의 중장년층과 기 싸움을 하는 것이겠지요.

텃세는
결국 고용불안 때문?!!

:

부모님께서 30여 년 가까이 운영하시던 식당을 폐업했습니다. 폐업을 결정하고 가족에게 통보하시는 어머니께서는 후련하다고 하셨습니다. 평생토록 일을 하셨지만, '평생 일하던 사람이 갑자기 쉬면 병난다.'고 하시며 두 분 모두 재취업을 희망하셔서, 입사서류 작성에 도움을 드렸습니다. 지금에야 일을 구하셔서 다니고 계시지만, 한동안 구직자인 어머니께서는 오랜 식당 경력 때문인지, 뚝딱 입사를 하시고, 금세 퇴사를 하셨습니다. 많게는 한 달 적게는 일주일이 채 안 되어 자꾸만 퇴사를 하셔서, 직업상담사를 업으로 가진 딸로서는 여간 걱정이 아니었습니다.

종종 어머니와 비슷한 경우로 자영업을 오래 하시다가 폐업하신 뒤, 취업을 하고자 하는 구직자분들이 취업과 퇴사를 반복하시는 것을 자주 보았습니다. 오랜 시간 경영자로서 본인의 가게를 운영하다 보니 아무래도 남의 일이 손에 익지 않고, 못마땅하신 겁니다. 그런데도 일단 관련 업종 경력이 있으니, 입사는 금방 쉽게 하시고, 퇴사도 쉽게 결정하셨습니다. 그러면 구직자를 마주할 때면 직업상담사 입장에서 현실을 짚어드렸습니다. 그분들 표현으로는 혼을 내기도 했습니다.

참고사항으로 오랜 시간 식당 등 자신의 가게를 운영하시다가 취업을 희망하시는 경우 대표의 이력이 취업에 약점으로 작용하기도 합니다. 이때는 이력서에 식당 '운영자'보다는 했던 직무를 '근로자'의 초점에 두어, 직무를 나열해보시는 것을 추천드립니다. 업주 입장에서도 오랜 시간 운영을 해온, 게다가 점주보다 연령이 높은 사람을 직원으로 부리기가 부담스럽고 쉽지 않기 때문입니다.

처음에는 어머니도 오랜 식당 운영하던 것 때문에 근로자로서 못마땅한 것은 아닌가 생각했습니다. 한번은 '가게 운영하던 눈으로 취업하려면, 엄마 입맛에 맞는 곳은 한 군데도 없다.'고 날카롭게 말한 적도 있습니다. 어머니께서 예상치 못한 답변을 하셨습니다.

"내가 가만히 보니깐 꼭 그렇게 못되게 구는 것들은 그 식당에서 3년, 5년 넘게 오래 일하고, 65세가 가까이 먹은 것들이야. 새로 오는 사람들이 뭐든 열심히 하려고 하고, 빠릿하니깐 자기 자리 뺏길까 봐, 자기가 쫓겨날까 봐, 새로 사람 오면, 쌍욕해서 기선제압하고 미리 사장한테 이간질하고, 하너라. 참 내가 폐업하고 세상을 많이 배운다. 정말."

이야기를 들어보니 식당에서 파트너로 일하게 될 선배 아주머니가 쌍욕과 함께, 인격모독을 하기에, 한바탕 싸우고 그만두셨다는 겁니다. 신입에게 몽니를 부리고, 텃세를 부리는 행태가 거의 다 똑같은 패턴이라고 하시는 것입니다. 일이 익숙지 않아 서툴고 허둥대면 욕을 하고, 주인에게 이간질을 하며, 못살게 굴어 결국 신입이 스스로 퇴사하도록 분위기를 조성한다는 것입니다. 지금까지 눈이 까다롭게 입퇴사를 번복한다 생각했던 어머니께 왈칵 미안함이 느껴졌습니다. 적어도 딸의 업이 직업을 다루는 일인데, 게다가 좀 한다고 주름잡는데, 노동시장에 대해 본질적인 것을 놓치고 있었구나 싶었습니다.

결국에는 식당에서 몽니와 텃세를 부리는 그 못된 아주머니들도 나이 때문에 고용이 불안정하기 때문이었습니다. 그것을 알고 보니, 생산직에 근무하는 근로자들이 종종 '작업반장이 이상해서' '못되서' 나왔다고 했던 도통 이해가 안 되던 구직자들의 말들도 그제야 마음에 와닿았습니다. 누군가를 욕할 수 없는 본질적인 문제입니다. 물론 그렇다고 해서 자신의 일자리를 위해 신입으로 들어온 누군가에게 쌍욕하며, 인격모독으로 타인을 괴롭힌 것은 잘못되었고, 못된 일인 것은 분명합니다.

50대 후반, 60대의 나이 사실 노동시장에 입직하기가 쉽지 않습니다. 여성의 경우 그나마 전문직으로서 요양보호사 자격증을 취득하여 요양보호사로 일하거나 그게 아니라면 청소원, 주방보조, 생산직 등의 단순 노무입니다. 생산직마저도 본인들은 물 닿지 않는 업무 강도가 낮은 일을 희망하시지만, 정작 세밀한 작업이 필요한 전자 부품 등의 업무 강도가 낮은 생산직의 경우 40대 후반만 되어도 나이가 많아서 거절당합니다. 결국 50~60대 중장년이 할 수 있는 생산직은 생물의 배를 갈라 내장 등을 제거하는 할복 등의 식품 생산직이 거의 대부분입니다. 남성의 경우도 경비원, 청소원, 주차관리 정도입니다. 그 외 각 구청, 시니어 클럽 등의 공공일자리의 경우, 가을철 밤 따기, 은행 제거하기, 길거리 청소, 초등학교 등하교 교통정리 등 하루 2~3시간의 주 10시간 내외의 소일거리 단순 노무입니다.

수명이 길어져, 60세가 넘으면 환갑잔치를 하던 그 시대와 달라졌지만, 여전히 노동시장에서는 개개인의 신체 건강 정도나, 역량과 상관없이 이력서를 보내면 첫 줄 숫자로의 나이에서 다 탈락을 당하고 맙니다. 50대 구직자가 오시면, 사실 안내해드릴 수 있는 일자리가 없어서 무력감이 느껴질 때가 많습니다. 신체 나이는 아직 젊으나, 고령자로 취급받고, 계속 근로를 하고 싶으나, 고용이 불안정하고, 일을 하려고 해도 고령자[09] 일자리가 많지 않습니다.

결국, 고용이 불안하니, 근로자 사이에 위계질서가 발생하는 것입니다. 그것이 연쇄적으로 잦은 퇴사와 근속률로 이어지고, 퇴사하면 다시 입직할 수 있는 일자리가 없는 악순환이 이어지는 것입니다. 이것을 개선하려면 근로자, 기업, 국가의 제도, 국가의 인식이 모두 바뀌어야 합니다. 그를 바탕으로, 안정적인 제도가 뒷받침되고, 안정적인 양질의 일자리가 창출되어야 하는 선순환이 이어져야 그것이 직장 문화 개선으로 다시 이어질 것입니다. 지금도 10여 년 전에 비하면, 노동현장이 많이 개선되었습니다.

그럼에도, 현장에서 '업을 업'으로 삼고 있는 직업상담사로서 몇 마디 덧붙입니다. 기업에서는 당장 신입이 들어와 며칠 못 버티고 퇴사한다고 하지 말고, 왜 근로자들끼리 텃세를 부리고, 싸울 수밖에 없는지 한번 고민해보셨으면 합니다. 기업에 고용안정에 대한 신뢰가 바탕이 된다면 그러한 악순환의

---

09   준고령자: 만 50세 이상에서 만 55세 미만,
고령자: 만 55세 이상의 사람 의미
- 고용상 연령차별금지 및 고령자고용촉진에 관련 법률 시행령 제2조

반복이 줄어들 수 있지 않을까요? 더불어 시니어 일자리 창출이 늘어났다는 언론을 자주 접하는데 본질적으로는 어떤 고민들이 있는지 한 번만 더 현장의 목소리를 고민해보면 어떨까 하는 아쉬움을 느낍니다. 일을 하고 있는 모두가 자신의 업을 하며, 행복하고 신이 날 수 있었으면 하고 바라봅니다.

또 한 명의 내 편

:

또 한 명 제 편이 늘었습니다.

대학교 마지막 학기 졸업을 앞둔 청년 구직자가 배정되었습니다. 단계별로 진행되는 상담 중 1단계 3회기 상담을 진행하면서, 세 번 중에 한 번을 마음이 맞지 않았습니다. 제가 '아' 하면 구직자는 '어'로 이해하고, '어' 하고 말을 하면 '아' 하는 그런 평행선을 달리는 상담이었습니다. 구직의지도 그닥일 뿐 아니라 프로그램을 참여하는 의지도 시큰둥이라 오죽답답하면, '이 프로그램에 어떤 목적으로 오셨냐.'고 물었습니다. 그랬더니 '그냥 친구가 가보래서 왔다.'고 대답하는 그런 친구였습니다. 대기업을 가고 싶다고 하면서도, 아무런 직무 분석도, 회사 분석도 되어있지 않았고, 심지어 '대기업에 취업하기 위해서는 어떤 준비를 해야 하냐?'는 질문에 '자기소개서를 말 끼워 맞춰서 잘 쓰면 된다.' 하는 친구였습니다. 겨우 방향성을 설정하고 1단계를 마무리했습니다. 바로 취업을 희망한다기에, 직업훈련 단계를 뛰어넘어 취업알선 단계로 진행했습니다. 도통 심드렁한 것이, 제가 문제인지, 그가 문제인지 이제는 헷갈리기까지 합니다. 마지막 학기도 10학점이나 남아, 학교를 가야 한다고 하기도 하고, 크게 구직욕구도 없고, 급하지 않으니 그저 주기적으로 관리만 하는 구직자로 분류해두었습니다. 약속되어 있던 자기소개서 컨설팅도 개인 사정이 있어, 참여하지 못한다고 상담을 취소하더니 어느 날 갑자기 상담이 필요하다고 자진해서 상담을 요청하는 것입니다.

무슨 일인가 했더니, 당장 내일모레 주말 지나고 화요일에 모 대기업 서류 전형 마감일이라고 도움이 필요하다고 합니다. 당장의 일정이 빠듯하고, 꽉 차있는 상담 일정에 급히 상담 일정을 끼워 넣어 컨설팅을 진행했습니다. 사실 큰 기대하지 않았습니다. 당연하게 '어려서부터 우리 집은 가난했었고 ~.'의 레퍼토리를 생각하고 파일을 열었더니, 오!! 웬걸! 희망적이게도 자기소개서의 틀이 제법 잡혀있고, 경험도 어느 정도 녹여내고 있는 것입니다. 자기소개서에 대한 방향성을 명확하게 잡고 있었습니다. 다만, 직무와 회사 분석이 부족할 뿐 나쁘지 않은 자기소개서였습니다. 경험을 이끌어내어, 회사와 연결할 수 있도록 자기소개서를 첨삭하고, 다른 이들의 예시를 보여주며 이야기를 하자니, 어느 정도 말을 알아듣는 눈

치입니다. 저 역시도 크게 기대가 없다가 최선을 다하는 모습에 마음에 빗장을 풀고 애써 컨설팅했습니다. 그랬더니 마음이 동했는지 표정이 풀리고 자신이 부족했다고 멋쩍게 웃는 것이 아니겠습니까. 주말 동안 아무것도 하지 말고, 회사에 대해 공부하고, 주말 동안 자기소개서를 수정하여 월요일에 다시 보자는 숙제를 주고 상담을 마무리했습니다. 이 와중에 친구들과 마지막 여름휴가를 간다고 합니다. 아이고 이놈아!

휴가 잘 다녀왔냐는 말로 두 번째 첨삭을 시작했습니다. 투정하듯 휴가철 바쁜 와중에 출발 직전까지 고치고, 휴가에 다녀와서 오늘 새벽까지 자기소개서를 고쳤다고 합니다. 수정본을 열었더니, 많은 부분 고민한 흔적이 보입니다. 편안한 분위기를 만들고자 지난 금요일 선생님 자기소개서를 첨삭하고 앓아누웠다고 했더니, 멋쩍게 웃으며 죄송하다고 하더군요. 두 번의 대면 첨삭을 마치고, 지원서 제출 마감일 오전. 카카오톡 메시지로 막바지 수정을 거치며, 최종적으로 자기소개서를 마무리 지었습니다. 점심시간. 반가운 카톡이 왔습니다. 그토록 메시지를 보내도, 일방향 소통처럼 시큰둥하고, 답장도 없으며, 초기상담을 할 때에도 세 번 중 한 번도 마음이 맞지 않았는데 먼저 감사하다는 메시지를 보내온 것입니다.

저도 감사합니다. 한 번이라도 마음이 통할 수 있어서.
좋은 결과 함께 기대해봅시다.

결국에는 통한다!

⋮

"선생님, 죄송해요. 제가 선생님을 오해한 것 같아요!"

"…?"

"선생님, 학원에서 교육 들으면서 이런저런 처리가 늦어져서, 솔직히 선생님이 이상하다고 생각했어요. 게다가 학원에서도 '일 처리 그렇게 하는 사람 처음 본다.'고 선생님을 두고 그런 말씀을 하시니, 솔직히 저도 선생님이 저를 귀찮고 대충 한다고 생각했어요. 솔직히 오늘도 오라고 하시니 왔고, 시간 때우려고 그냥 왔는데, 오늘 자기소개서를 첨삭하시는 것 보니, 제가 한참 잘못 생각한 것 같다는 생각을 했어요. 죄송해요! 꼭 말씀드려야 할 것 같아서 말씀드려요."

자기소개서 첨삭상담이 있는데, 약속된 상담시간 직전, 메신저로 '좀 늦을 것 같다.'더니, 15분이나 늦고는 썩 미안한 기색도 없이 자리에 앉았습니다. 직무도 명확하지 않고, '지원하면 오라는 데는 있는데 마음에 안 들어서 안 갔다.'고 하는 약간은 콧대가 높은 20대 구직지입니다. 높은 곳내에 비해, 자기소개서를 열어보니, 2000년대 모 그룹의 노래 가사처럼 '어려서부터 우리 집은 가난했었고'의 레퍼토리로 시작되는 자기소개서였습니다. 그런 와중에, 자기소개서 양식마저, 파일 형태의 완결된 자기소개서가 아닌, 메모장 형태에 그저 내용만 휘투루마투루 적어 온 자기소개서입니다. 갈 길이 멀고, 바로 이어 또 다른 상담이 있는 저는 속이 새카맣게 타는데, 정작 그녀는 미안하거나, 다급한 기색이 하나도 없습니다. '자기소개서는 회사에 보내는 공문서다. 파일 형식으로 만들어야 한다.'는 잔소리 아닌 잔소리를 하며, 상담을 시작했습니다. 상담에 임하는 태도도, 서류도 심드렁한 것이, 무성의함의 정도가 점차 심해져 애쓰는 마음에 잔소리가 늘어나다 결국 물었습니다.

"어떤 마음으로 오늘 오셨어요?"

그런데 당사자는

"그냥 선생님이 제출하라고 하니 제출하는 건 줄 알았어요. 선생님이 이런 일도 하는지 몰랐어요. 대충 일자리가 나오면, 그거만 안내해주는 일인 줄 알았어요."

하는 것이 아닌가요. 순간 맥이 확 빠집니다. 아…. 우리의 일을 이렇게 보고 있었군요. 저는 왜 이렇게 애쓰고, 마음을 다하고, 온 힘을 쏟고 있었던 것일까요. 힘이 쭉 빠졌습니다. 그리고 '대충'이라는 단어에 불쾌감과 억울한 감정이 확!하고 올라왔습니다. 지금까지 무얼 하든 '대충'이라는 말은 없었습니다. 무얼 해도 '열심히' 했고, '대충'보다는 오히려 '사력'을 다하는 순간이 훨씬 더 많았습니다. 저의 노력이 누군가에게 '대충'으로 받아들여지는 것이 순간 억울하고 불쾌했지만, 그 감정에 빠져만 있을 수 없었고, 어찌 되었든 남은 시간에 대해 최선을 다해야 합니다. 감정을 눌렀지만 그래도 이 감정은 표현해야겠다는 생각이 들어

"저의 일을 그렇게 보셨다고 하니, 저로서는 좀 많이 불쾌하네요."

했습니다. 그리고 평행선 같은 상담을 겨우겨우 이어갔습니다. 한참을, 자기소개서의 방향을 잡기 위해, 목에 핏대를 세우고, 애를 썼습니다. 그렇게 한참을 목에 부담을 주며, 떠들고, 상담을 마무리에 접어들었을 무렵, 어쩌면 방어적인 태도를 취하던 구직자가 갑자기 툭 하고 말을 꺼냈습니다.

"선생님, 죄송해요. 제가 선생님을 오해한 것 같아요!"

갑자기 이게 무슨 말인가 싶어, 자초지종을 물어보니, 1단계 상담에서는 열심히 대해주더니, 2단계 직업훈련 학원에 갔을 때는, 일련의 행정처리가 늦어져 대충한다고 오해했다고 합니다. 3단계 상담인 오늘도 대충 시간 때우러 왔다는 것입니다. 구직자와 상담사인 저 사이에 직업교육훈련기관, 고용센터 등 다른 행정처리 기관이 끼어들고, 일련의 행정처리가 지연되니 오해가 오해를 만든 것이었습니다. 그러다 자기소개서를 첨삭하는 저의 모습을 보니, 미안한 마음이 들었는지 생각이 바뀌었다고 합니다. 그런 마음이 들었던 자신이 놀랐는지 연신 미안하다는 말을 거듭했고, 마지막에는 악수 한 번 하자면서 손을 먼저 내밀었습니다. 그리고는 이제 진짜 열심히 하겠다고 하는 것이 아닌가요.

그런 구직자에게 '어려운 이야기를 꺼내주어서 참으로 감사하다.'는 감사 인사와 함께, '지금까지 이 일을 하면서 누군가를 대충 대해본 적 없고, 다만 현재 관리 인원이 100명이라, 나도 사람인지라 체력적으로, 혹은 정신적으로 힘에 부칠 때가 있지만, 모든 이에게 똑같이 애를 쓰고 있다. 의도와 다르게 불편한 마음이 들었다면 미안하다.'고 사과했습니다. 결국 진심은 통하는구나 하는 마음도 있었지만 구직자의 솔직함에 속으로 놀라 저도 멋쩍어졌습니다.

제가 같은 입장이라면 누군가에게 서비스를 받으러 갔을

때, 상대에게 든 불쾌한 감정이, 알고 보니 나의 문제라는 것을 알아챘었을 때, 저리 솔직하게 제 감정을 표현하고 진심으로 사과할 수 있을까 하는 마음도 들었습니다. 자신의 감정을 알아챈 것만으로도 참으로 예쁜데, 그것을 알아채고, 상대에게 '내가 너를 오해했으니, 미안하다.'고 솔직하게 표현하는 마음까지 너무 예쁘게 느껴졌습니다. 그 마음을 표현하지 않아도 될 일이었고, 표현하지 않고 불쾌한 마음을 가지고 간다한들 아무런 문제가 없는 일인데 말입니다.

구직자에게 또 하나 배웁니다. 이로써 제 노력과 열심을 알아주는, 또 한 명의 저의 편이 생겼습니다. 덕분에 다시 한번 저를, 제 상담을 돌이켜볼 수 있었습니다. 상담에 더 열심히, 진심을 다해야겠습니다.

3

직업상담사로
일하기

구인업체와 통화할 때
질문해야 하는 것

⋮

　직업상담사로서 구직자 관리도 중요하지만 구인업체와의 관계 역시 중요합니다. 직업상담사는 구직자와 구인처의 간극을 줄이는 것이 중요한 직무 중 하나이기 때문입니다. 신입으로서 입직을 하고 사실 가장 두려운 것이 이 '구인업체와 통화를 해야 할 때'입니다.

　구직자 상담도 두렵지만 그래도 구직자는 서로 얼굴을 마주하고 있고, 서로 간 관계가 형성되어 부담이 덜합니다. 그런데 기업과 통화를 하는 것은 괜스레 약자가 된 것만 같아 두려워 섣불리 전화를 걸기가 쉽지가 않습니다. 물론 사업에 따라 국민취업지원제도처럼 구직자에 초점이 맞추어진 경우 업체와 통화를 할 빈도수가 적기도 합니다. 그런데 새일센터처럼 기업과 연계가 된 곳이라면 어쩔 수 없이 업체와 통화를 할 수밖에 없는 상황이 꼭 옵니다. 업체와 인턴 사업을 연계하기도 하고, 구직자가 공고를 보고 공고의 세부사항을 질문하기도 합니다. 그렇다면 두렵지만 기업에 전화를 할 수밖에 없습니다.

결론부터 말씀드리면 '**직업상담사가 (지위적으로) 약자가 아니다. 내가 약자의 태도로 위축되어 다가가면 기업에서도 약자로 대한다.**'입니다. 새일센터에 입사하여 전국 새일 신규 상담사 역량 강화교육에서 배운 내용입니다. 기업에 전화를 걸고자 하면 덜컥 겁부터 나는 것이 사실입니다. 과연 내가 질문을 해도 되는지, 기업에서 귀찮아하지는 않는지 여러 가지 머릿속으로 생각이 스칩니다. 그때는 겁먹지 말고 먼저 자신의 소속을 밝히고, 공고를 보고 지원했다고 포문을 열면 됩니다. 업체에서 이런 전화가 한두 통이 오는 것이 아니기에 꺼려하는 것도 사실입니다.

그럼에도 우리는 우리의 일을 하는 것이지요. 이때 스스로 겁먹지 않는 것이 가장 중요합니다. 한 가지 팁을 드리면 '고용노동부 ○○○제도 운영기관 ○○○'라고 먼저 자기 기관의 가장 상위 부처를 이야기하는 것입니다. 본인의 기관명보다 고용노동부, 여성가족부 등 국가 부처의 사업임을 먼저 밝히면 그래도 첫 마디 떼어보지도 못하고 거절하시지는 않더라구요.

업체에 전화하기 전 확인해야 할 사항이 있습니다. 대부분의 경우 공고의 내용을 바탕으로 질문을 하게 됩니다. 공고를 볼 때 두 가지 측면에서 확인해야 합니다. 구직자 측면에서 궁금한 점과 거기에 더해 직업상담사 측면에서 공고의 숨겨진 내용을 확인해야 합니다. 구직자 측면에서 공고를 볼 때 아마연령, 성별, 자격증, 출퇴근시간, 임금 등이 가장 많이 궁금할 것입니다. 그러면 공고에 나온 내용이 맞는지 확인하고, 공고에 숨겨진 내용을 질문하는 것입니다.

1) 연령, 성별, 결혼 여부

채용과 관련된 법률에 따라 공고문에 연령이나 성별을 명시할 수 없게 되어있습니다. 그런데 가장 중요하게 작용하는 요건이니 꼭 확인해야 합니다.

Q. 채용하고자 하는 주 연령대나 나이는 어떻게 되는지?
Q. 특정 연령대만 선호한다면 그러한 이유가 어떻게 되는지?
Q. 기혼자인데 지원이 가능한지?

여기까지가 구직자가 주로 궁금한 것들입니다. 이때 직업상담사는 조율이 필요합니다. 특정 기업에서 제시한 연령대보다는 조금 연령이 높지만 관련 직무의 경력이 있는 구직자는 어떠한지 질문을 하기도 합니다. 물론 상담사가 마음속에 특정 구직자를 염두에 두고 질문해야겠지요. 기업에 따라서는 유동적으로 연령을 조정하기도 하고, 기업에서 구직자를 면접이라도 한번 보고 싶다고 먼저 제안하기도 합니다. 보다 많은 구직자에게 기회가 생기는 것이지요. 기혼자의 경우도 마찬가지입니다. 업체에서 결혼 여부를 조건으로 거는 이유를 알아야 합니다. 이 질문에는 단순하게 미혼/기혼의 여부를 묻는 것이 아니라 기혼이라면 아이 육아 문제 때문에 업무 이탈이 발생할 것을 우려하는 것입니다.

2) 자격증

자격증 역시 마찬가지이지요. 공고문에 특정 자격증을 우대한다고 적혀있다면

Q. 특정 자격증을 우대하는 이유가 무엇인지?
Q. 제시된 자격증과 비슷한 자격증도 우대가 가능한지?
Q. 자격증은 취득하지 않았지만 관련 직업교육을 이수하고 자격증 취득 준비 중인데 지원이 가능한지?

자격증을 가지고도 많은 질문을 할 수 있습니다. 공고에 숨겨진 세부내용들을 직업상담사들이 파악하는 것입니다.

3) 출퇴근시간, 임금

주로 생산직군이나 스케줄 근무로 이루어지는 직무에 질문하는 내용입니다.

Q. 공고문에 제시된 시간 이외 잔업이 있는지?

Q. 잔업이 있다면 몇 시간 정도 있는지?

Q. 1주 기준 잔업이 며칠 정두인지?

Q. 잔업을 한다면 교통편이나 식사 지원이 이루어지는지?

이렇게 구직자의 입장에서 의문이 생기는 점을 미리 직업 상담사가 질문을 하여, 보다 상세하게 구인조건을 파악하는 것입니다.

결국 업체에 구인조건을 묻게 되는 것은 정보를 파악하여 보다 적절한 구직자를 연계하기 위함이지요. 추가로 저는 구인업체에 '이번 구인에서 가장 염두에 두는 부분은 어떤 것인지?'를 반드시 질문합니다. 이 질문을 통해 구인업체의 추구하는 인재상이나 대략적인 구인조건을 파악할 수 있기 때문입니다.

구인업체와 통화하기

앞장에서 구인업체와 통화하기에 대한 기본적인 내용을 말씀드렸습니다. 신입 직업상담사 입장에서 구인업체와 통화하려고 전화를 하려면 겁도 덜컥 나고, 두려운 마음마저 듭니다. 그렇지만 말씀드린 대로 '우리는 (지위적으로) 약자가 아니다. 스스로 약자로 대하면, 업체에서도 약자로 대한다. 우리는 우리의 일을 할 뿐이다!'를 먼저 마음속에 새기시면 부담감이 좀 덜해집니다.

사무직과 생산직으로 나누어 예시 대본을 구성하였습니다. 업체와 통화하기 위해, 아래 구인공고를 한번 보겠습니다. 구인업체와 통화하려면 구인공고를 꼼꼼하게 살펴봐야 합니다.
(워크넷의 몇 가지 구인공고를 조합한 가상의 공고입니다.)

예시 구인공고1. 사무직

〈○○상사 경리사무원 모집〉

1. 모집분야 : 구매, 사무

2. 직무내용 : 경리 사무원 업무

3. 근무시간 : 09:00-18:00 (주 5일)

4. 경력자 우대

5. 급여 : 월 2,010,580원 이상 (수습 3개월)

6. 전산자격증 소지자

7. 제출서류 : 이력서, 자기소개서

8. 위치 : ○○시 ○○동

9. 지원방법 : 이메일 지원

상담사　안녕하세요. 고용노동부 **운영기관 ***입니다. 워크넷 경리사무원 구인 건 보고 문의 차 전화 드렸습니다. 잠깐 통화 가능하실까요?

업　체　네.

상담사　구인 건을 보면 '경리사무원 업무'라고 되어 있는데, 구체적으로 어떤 일을 하게 되나요?

업　체　기본적인 경리 업무 있잖아요. 매입매출 관리하고, 장부 쓰고, 세금 계산서 발급하는 거요.

상담사　아! 매입매출, 정부마감, 세금계산서 발행, 미수금

발행 등 말씀하시는 거지요?

공고 모집 분야에 보면 '구매, 사무'라고 되어 있는데, 혹시 '제품 발주'나 '자재 재고 관리' 등도 업무에 포함될까요?

업　체　네네.

상담사　선호하시는 연령대가 있으실까요?

업　체　20대 후반 정도요.

상담사　20대 후반까지만 선호하는 특별한 이유가 있을까요?

업　체　기존 있는 일하고 있는 친구가 서른이라서, 후임으로 들어오니깐 잘 조화되려면 20대 후반이 안 낫겠습니까?

상담사　공고에 경력자 우대라고 되어 있는데, 관련 자격증 세무회계나 전산회계 등을 취득한 경우에도 지원이 가능할까요?

업　체　경력자를 뽑고 있기는 한데, 뭐 일단 지원해보세요. 서류 보내주면 참고해볼게요.

상담사　업무상 사용하시는 프로그램이 있을까요?

업　체　'세무 사랑' 쓰는데요.

상담사　수습 3개월이라고 되어 있는데, 혹시 수습기간에도 급여 변동이 있을까요?

업　체　수습에는 90% 적용합니다.

상담사　네. 감사합니다. 입사지원은 이력서, 자기소개서 작성하여 제시된 이메일로 발송 드리면 되겠지요?

업 체	네.
상담사	마지막으로 질문드릴게요. 채용에서 가장 중점적으로 보시는 부분은 어떤 것일까요?
업 체	사회 경험이 좀 있는 사람이면 좋겠네요!
상담사	특별한 이유가 있으실까요?
업 체	일이야 와서 배우면 되지만, 사회생활 생초짜보다 아르바이트라도 해본 사람이 좋죠.
상담사	감사합니다.

(중요)

※ 특정 구직자를 염두에 둔 경우

: 구직자의 대략적인 강점 강조하기!!

상담사	기관의 구직자 중에 경리사무원 경력이 1년 정도 있고, 관련 자격증도 취득했습니다. 무엇보다 회사와 거주지도 걸어서 10분 거리인데 면접을 고려해 보시면 어떨까요?

→ 업체가 긍정적인 반응일 경우 구직자에게 반드시 오늘 내로 서류를 지원할 수 있도록 안내합니다.

※ 구인정보 탐색만을 위해 전화한 경우

상담사	적절한 구직자가 있으면 지원하도록 안내하겠습니다.
업 체	네.

예시 구인공고2. 생산직

<○○공업㈜ 자동차 부품 생산직 모집>

1. 직무내용 : 자동차부품 조립원

2. 근무시간 : 월~금 08:00~18:00 (특근 시 ~ 22:00)

물량에 따라 주말 근무 (특근 수당 있음)

3. 바로 근무 가능하신 분

4. 급여 : 시급 9,620원 이상, 상여금 100%

5. 제출서류 : 이력서

6. 위치 : **시 산업단지동 123번지

7. 지원방법 : 이메일 지원

상담사   안녕하세요. 고용노동부 ** 운영기관 ***입니다. 워크넷 자동차 부품 조립 구인 건 보고 문의 차 연락드렸는데 잠깐 통화 가능하실까요?

업 체   네.

상담사   근무시간이 08:00-18:00이고, 특근이나 주말 근무가 있던데 혹 일주일에 몇 번 정도 특근이 있을까요?

업 체   뭐 거의 매일 특근한다고 보면 됩니다.

상담사   그렇군요! 특근이나 주말 근무의 경우 특근 수당이 별도로 지급되는지요?

업 체	네.
상담사	선호하시는 연령대가 있으실까요?
업 체	40대까지요.
상담사	40대 후반까지도 가능한 거지요? 특별히 40대까지만 희망하시는 이유가 있을까요?
업 체	40대 후반도 사실 많아요. 우리는 크기가 굉장히 작은 부품을 다루어야 하는데, 40대 후반만 되도 크기가 작아서 힘들어하시더라고요.
상담사	남녀 성별도 크게 구분 없으신가요?
업 체	뭐 본인만 하고자 하면요.
상담사	네. 감사합니다. 입사지원은 이력서 이메일로 지원하면 될까요?
업 체	이메일로 접수해주세요. 우리가 보고 연락할거예요.
상담사	위치가 산업단지동인데 출퇴근할 수 있는 통근버스나 교통편 등이 마련되어 있을까요?
업 체	회사 통근버스 있습니다. **시내 도는 거 하나, 외곽으로 빠지는 거 하나. 통근버스 없는 데 사는 사람은 기숙사도 있고요.
상담사	마지막으로 채용에서 가장 중점적으로 보시는 부분은 어떤 것일까요?
업 체	거주지 가까운 사람이요.
상담사	감사합니다.

(중요)

※ 특정 구직자를 염두에 둔 경우

: 구직자의 대략적인 강점 강조하기!!

상담사　구직자 중에 **시에 살고, 자동차 2차 밴드에서 1년 정도 일했던 구직자가 있는데 지원해봐도 괜찮을까요?

→ 업체가 긍정적인 반응일 경우 구직자에게 반드시 오늘 내로 서류를 지원할 수 있도록 안내합니다.

※ 구인정보 탐색만을 위해 전화한 경우

상담사　적절한 구직자가 있으면 지원하도록 안내하겠습니다.

업　체　일단 지원해보세요.

상담사　감사합니다.

직업상담사의 생명은 정보력

:

　회의시간. '좋은 직업상담사'가 화두가 되었습니다. 좋은 직업상담사는 어떤 상담사일까요? 질문을 다르게 해보겠습니다. 직업상담사는 어떤 역량을 갖춘 상담사가 좋은 직업상담사일까요? 구직자의 처지를 잘 공감하는 공감 능력? 구직자와의 의사소통능력? 노동시장 현실에 대해 명확하게 현실을 직시하게 해주는 능력? 돌발상황에 잘 대처하는 문제해결력? 다양한 분야의 정보력?

　모두 골고루 필요한 역량이자 기본입니다. 무엇보다 중요한 역량으로 **'정보력'**을 꼽고 싶습니다. 직업상담사는 여타 다른 분야의 상담에 비해 정보가 매우 중요합니다. 그래서 끊임없이 새로운 정보에 관심을 가지고 공부를 해야 합니다. 적어도 구직자가 주로 희망하는 직종에 대한 정보는 반드시 알고 있어야겠지요. 구직자가 희망직종을 이야기했는데 상담사가 직종에 대한 지식이 전무하고, 구직자의 용어를 전혀 알아들을 수가 없다면 그만큼 전문성에 치명적일 수밖에 없습니다. 때문에 직종과 직무에 대한 정보가 필요합니다. 어떤 일을 하는 직무인지, 그 직무로 취업하기 위해서는 어떤 과정과 역량이 필요한지, 관련 직업교육은 어떤 것이 있는지, 어떤 자격증이 필요한지와 같은 기본 정보는 물론 욕심을 내면 그 직무와 관련하여 실제로 근무하고 있는 인적 네트워크를 가지고 있을 수도 있고, 그 직무와 관련하여 가장 최근의 시사 이슈는 무엇인지, 직무와 관련된 산업 동향은 어떠한지 등 욕심을 내고자 한다면 끝도 없이 정보가 필요합니다.

직무 이외 지역의 고용 동향은 어떠한지, 어떤 산업이 지역의 주요 산업인지, 지역 내 어느 지역에 관련 기업이 많이 분포해 있는지, 지역의 노동정책은 어떠한지, 지역의 산업 변화와 임금 수준은 어떠한지 관심이 필요합니다. 그래야 구직자와 상담을 할 때 직무에 대해 알고 있다면 서로 간 주고받는 상담의 질이 달라지겠지요.

직무와 산업 동향, 정책 이외에도 빠르게 변화하는 채용 트렌드도 알고 있어야 합니다. 코로나와 4차 산업혁명 시대가 맞물리면서 채용 트렌드도 많은 변화를 겪고 있습니다. AI 면접, 인바스켓 면접 등 채용 트렌드도 끊임없이 변화하고 있습니다. 또, 생계와 맞물려있다 보니 사회복지제도와 지원 정책에 대해 알고 있으면 도움이 필요한 구직자에게 도움이 될 수 있겠지요.

한 마디로 직업상담사는 다방면에 고루 팔방미인이 되어야 합니다. 많은 직무와 직종, 관련 정책을 모두 아는 것은 불가능합니다. 그래도 대략적으로나마 직무에 대해 알고 있어 구직자에 관련 정보를 제공할 수 있다면 구직자에게 보여지는 전문적인 측면에서도, 신뢰성의 측면에서도 도움이 되지 않을까 생각합니다.

기업 대상 지원금 업무에 대해

- 청년내일채움공제, 새일인턴 등

⋮

직업상담사 직무는 크게 구직자를 상담하는 업무와 기업을 관리하는 업무로 나누어집니다. 구직자를 상담하는 업무는 대표적으로 고용노동부의 국민취업지원제도, 대학일자리센터, 여성가족부의 여성새로일하기센터 등입니다. 그와 달리 기업을 관리하는 사업도 있습니다. 대표적으로 고용노동부의 청년내일채움공제, 여성가족부의 새일인턴, 경력단절예방사업 등입니다.

급한 마음에 기업 대상 지원금 사업 전담자로 취업하기는 했지만 본인이 생각했던 직무와 달라 얼마 못 가 퇴사하는 경우가 많습니다. 생각하기에 구직자와 이야기만 나누면 된다 생각하다 기업을 전담하게 되니 난감할 수밖에요. 게다가 지원금 사업 전담자는 행정업무가 거의 100%입니다. 모(母) 기관의 방향성에 따라 차이가 있지만 기업과 협약이라도 맺으려면 기업과 대면해 진행해야 하니 외근이 잦을 수밖에 없습니다. 그래서 기업 담당 지원금 사업을 기피하고 초기에 퇴사하는 경우도 많습니다. 이 또한 직업상담사 직무에 대해 모르기 때문에 생기는 시행착오라고 생각합니다. 단기적인 관점에서야 '상담'이라는 방향성과 다르니 전혀 도움이 안 된다고 생각할 수 있습니다. 장기적인 관점에서 본다면 기업 대상 업무 역시 직업상담사로서 역량을 개발하는 데 많은 도움이 됩니다.

직업상담사의 가장 주요한 직무 중 하나가 '기업'의 정보를 구직자에게 안내하는 것입니다. 이 정보제공이 단순히 '○○ 기업 공고가 나왔다. 지원해보라.'는 좁은 의미의 정보제공을 의미하기도 합니다. 그러나 넓은 의미에서의 정보제공은 그 기업의 주 품목은 무엇인지, 업계에서 평가는 어떠한지, 재정 사항이나 업력은 얼마나 되는지, 작업환경은 어떠한지, 어떤 연령대를 주로 선호하는지, 대표님께서 선호하는 인재상은 어떠한지 등의 정보를 모두 포함합니다. 넓은 의미에서 업체에 대한 정보를 많이 알고 있을수록 구직자에게 해줄 수 있는 이야기가 많아집니다.

그 기업의 정보를 얻으려면 어떻게 알 수 있을까요? 우리가 모든 기업과 직무를 체험해볼 수 없으니 간접적으로라도 정보를 파악하는 것이 필요합니다. 그때 이 기업 대상 사업으로 근무하며 기업과 관계를 맺고, 지속적으로 정보를 주고받는 것입니다. 아무래도 직업상담사는 사무실에서 근무하다 보니 기업과 현장에 대한 정보가 빈약할 수밖에 없습니다.

업체와 협약을 맺거나, 회의를 할 때 업체에 직접 방문하여 작업현장을 직간접적으로 살펴보거나 실무자와 이야기를 나눠보는 것이 좋은 기회가 됩니다. 업체에 따라서는 보안이나 위생상 작업환경을 공개하지 않는 곳도 있습니다. 그래도 멀찍이나마 현장을 살펴보기도 하고 운이 좋으면 실무담당자가 직접 안내해주시며 작업장을 둘러볼 수도 있습니다. 현장을 알고 있으면 구직자에게 제공하는 정보도 풍성해지고, 직업상담사 역량으로서 도움이 많이 됩니다.

코로나 시국 이전 근무하던 새일센터에서는 인턴 협약이나 지원금 지급시기가 되면 담당자가 업체에 방문하여 일체의 서류를 받도록 하셨습니다. 개인마다 외근의 호불호가 다르지만 저는 인턴 협약이 있으면, 일부러 담당 선생님께 말씀드려 일정을 조율하여 업체에 함께 방문하기도 했습니다. 기업의 대표나 실무자와 직접 대면하여 이야기하면서 현장의 분위기를 살필 수 있었습니다. 실제로 기업을 둘러보고 느꼈던 것을 구직자에게 안내했을 때 구직자와의 관계형성과 알선으로 연계도 잘 되었습니다.

직업상담사는 '정보력'이 생명입니다. 기업 대상 지원금 사업에 대해 무작정 기피하기보다는 기업과 산업현장을 직간접적으로 배울 수 있는 계기로써 활용해보시는 것은 어떨까요?

장난질 치는 거
배우지 마세요!

⋮

 직업상담사로서 악명 높다는 새일센터에서, 그중에서도 빡빡하기로 유명한 기관에서 직업상담사로 일을 시작했습니다. 불행인지 다행인지 기관의 관장님은 일을 '정석대로, 바른 방향으로' 일하는 것을 철학으로 가지고 계셨고, 그 아래 선배 선생님들 역시 정석대로 호되게 일을 알려주셨습니다. 때문에 속된 말로 굉장히 '빡세게' 일을 배웠습니다.

 일을 하면서 종종 '정석대로' 배운 방법이, 겉으로 보기에는 느리고 더디게 느껴지기도 했습니다. 또, FM대로 하다 보니, 소위 빠른 방법을 사용하는 기관에 남 좋은 일을 시키는 것 같은 느낌이 들 때도 많았습니다. 실제로 우리 기관에서 정석대로 시스템을 따르고 있는 찰나, 타 기관에서 취업실적을 낚아채 가기도 했습니다. 그것을 바로 발견하면, 타 기관에 연락하여, 바로잡으면 되지만, 뒤늦게 발견하면, 어딘가에 화내지도 못하고, 울화가 치밀고, 분통이 터질 때가 한두 번이 아니었습니다.

기관에 입사하고, 3개월쯤 되었을까요. 지역의 중장년 대상 취업캠프에 관장님께서 강의 한 꼭지 맡으셨습니다. 감사하게도 입사한 지 이제 막 3개월 차인 신입 두 명에게 취업캠프 참관 기회가 주어졌습니다. 캠프가 진행되는 호텔의 큰 홀 뒤편에서 전반적인 프로그램 운영을 살피고 있었습니다. 관장님 강의 순서를 기다리며, 센터에서는 신입과 관장의 직위로는, 관장실 문턱이 너무 높아 차마 묻지 못하던 이야기를, 그 자리에서는 신입의 패기로 직업상담사 업의 선배님께 허물없이 여쭈어볼 수 있었습니다.

직업상담사 3개월 차인 당시 '취업률을 어떻게 하면 높일 수 있을까'에 한참 고민에 빠져있었습니다. 매주 회의에서 수치로 매겨지는 취업의 실적이, 그리고 입사 후 3개월 동안 아직 한 건도 나오지 않는 취업 건이 가장 큰 고민이자 화두였나 봅니다. 관장님께 '어떻게 하면, 취업률을 높일 수 있을지' 여쭈었습니다. 관장님께서는 직접적인 방법보다는 제 고민에 대해, 몇몇 이야기를 해주시며, 마지막으로 강조하셨던 이야기가 아직도 기억에 남습니다.

"취업률을 높이기 위해, 그리고 내담자를 상담하기 위해, 어떠한 방법을 사용하고, 시행착오를 겪는 것은 다 좋고, 환영해요. **그런데 단지 '취업률'만 높이기 위해, 이상한 '장난질 치는 것'만 배우지 마세요.**"

그 말이 신입의 입장에서는 의아하기도 하고, 아리송한 대답이었습니다. '장난질'이라고 하시는 것이 무얼까? 싶으면서도, 명확하게 감이 잘 오지 않았습니다. 그렇게 시간이 흘러 어느새 3년 차가 된 지금. 이제는 그 '장난질'의 의미를 알 것 같습니다. 관장님께서 말씀하신 '장난질'도 여러 방법이 있겠지만, 저는 단연 '사후 알선'을 꼽고 싶습니다. 이 이외에도 많은 방법이 있다는 것도 압니다. 그 방법을 쓴다고 하여, 무조건 나쁘다고만 볼 수 없습니다. 직업상담사로서 양적 취업률의 압박에서 자유로울 수 없기 때문에 하나의 방법이라고 생각합니다.

그럼에도 저는 '정석대로! FM대로!'의 방법과 철학을 고수하고 있습니다. 다행히도 현재 근무하고 있는 곳의 동료 선생님들과 의견이 일치하는 부분입니다. 그것이 느리고 때로는 양적 수치를 때때로 빼앗기더라도 '정석대로'가 내담자 입장에서는 '올바른 방법'이라는 생각이 상담의 해를 거듭할수록 느끼기 때문입니다. 느리지만 바르게! 더디더라도 핵심을!

번외로 이 글을 쓰며, '장난질'에 대해 얼마만큼 언급할까에 대해 한참을 고민했습니다. 누군가는 '그것이 하나의 방법이지 않느냐? 정석대로 하다가 실적을 놓치고, 데이터로 나오지 않는다면 그것을 목표에 도달했다고 할 수 있느냐?'고 반론을 제기할 수도 있는 민감한 문제이기 때문입니다.

그럼에도 굳이 밝히는 이유는 이 업을 시작하려는 선생님들께서 그리고 이 업에 종사하고 있는 선생님께서 지금 일을 하며 사용하는 여러 가지 방법들을 한 번쯤 진지하게 고민해볼 수 있는 계기가 되었으면 하는 마음입니다. 저 역시 일을 하며, 시시때때로 '장난질'의 달콤한 유혹에 찰나 고민하고 흔들릴 때가 많습니다. 특히 양적 실적의 압박을 받을 때는 더더욱 그러하지요. 그럴 때면 관장님의 목소리가 어딘가에서 들리는 듯하여, 다시 마음을 다잡곤 합니다.

취업률을
높이는 법

⋮

    직업상담사로서 취업률 그중에서도 알선 취업률을 떼려야 뗄 수 없습니다. 직업상담사 자격증으로 취업을 할 수 있는 대부분의 기관이 고용노동부 등 국가의 사업을 진행하는 형태이니 당연히 양적 실적이 굉장히 중요합니다. 이 알선 취업률이라는 양적 수치는 상담사의 역량과 근태를 평가하는 절대적인 지표가 되기도 합니다. '(알선) 취업률' 지표가 연말 기관의 정량 평가에 고스란히 반영되기도 합니다.

    어떤 이는 직업상담에서 '상담'을 온전히 배제한 채, '직업'만을 목적으로 일을 하기도 하고, 저처럼 '상담'에 조금 더 방점을 찍어 그나마 긍정적인 방향으로 성장하기를 기대하기도 합니다.

3년 차로서 취업률을 높이는 방법에 대해 고민해보려고 합니다. 결론부터 말하자면 **'많이 하면, 많이 나온다.'**입니다. 사실 저는 양적 수치를 지향하는 편은 아닙니다. 한때, 양적 수치를 지향하여 10명의 상담사 중에 취업률 2~3위를 앞다투어 보기도 하였습니다. 어느 순간 회의가 들었고, 그렇게 하기 위해서 청년들의 표현을 빌리자면 '나를 갈아 넣어야 가능한 일'이라는 생각이 들었습니다. 그럼에도 '많이 하면 많이 나온다.'의 '많이'는 단순하게 양적인 '많이'를 의미하지 않습니다.

취업과 관련하여 '씨줄과 날줄의 교차점' 비유를 자주 사용합니다. 직업상담사로 처음 입직을 새일센터에서 구전처럼 관장님에게서 선배들로, 선배들에게서 제게 전해진 비유적 표현입니다. 일자리 정보를 찾을 때, 구직자의 씨줄과 구인처의 날줄이 교차하게 찾아야 한다고 배웠습니다.

알선을 하기 위해 어떤 날은 씨줄 구직자를 타깃하는 것입니다. 특정 모 구직자를 설정하여, 관련 희망직종의 정보를 전 구인구직 사이트를 탐색하고, 비슷한 A, B, C의 일자리 정보를 구직자에게 안내하고 지원하도록 안내합니다. 또 어떤 날은 날줄 구인처를 타깃합니다. 구인구직 사이트에서 괜찮은 구인처를 발견하면, 그 직무를 희망하는 구직자 가, 나, 다에게 관련 정보를 안내하고 지원하도록 합니다.

이렇게 구직자 날줄과 구인처 씨줄이 십자로 교차될 때 그리고 그 정보에 많이 노출되어, 지원 빈도수가 많아질 때, 결국 그중 어딘가 한 군데에서 출근하라는 안내를 받는 것입니다. 결국 양·질적으로 '많이' 일자리 정보를 알고 있고, 구직자에 대해 고민할 때 취업이 이루어집니다.

직업상담사는 '취업을 하게 하는 일'이라고 생각합니다. 씨줄과 날줄이 잘 교차할 수 있도록, 가능하면 그 건수가 가급적 많이 나올 수 있도록 말입니다. 결국 직업상담사로서 업적 가치관을 분명히 하고, 그를 위해 양·질적으로 '직업상담사로서 나'를 비롯해 구직자와 구인처를 '많이' 탐색하고, '많이' 고민하면 절로 결과는 따라오지 않을까요?

혼란 속에서
건강한 상담을 하는 법

:

직업상담사라는 우리 업이 녹록지만은 않은 업입니다. 사람을 대하는 업이니 '사람을 좋아하는 것'도 물론 중요하지만, 그것만으로는 이 업을 버텨내기가 쉽지 않습니다. 3년 차인 저의 생각으로는 모든 것에 특히 '사람'에 좀 무딘 성향이 이 업을 장기적으로 오래 버틸 수 있게 한다고 생각합니다. 직업상담사 직무로 장기근속하려면 오늘 이야기하고자 하는 고된 업무 속에서 '자기를 지켜낼 수 있는, 나만의 건강한 방법'이 좀 필요합니다.

'자기를 지키는 법.' 업무 강도가 높은 우리 업에서 구직자와의 에너지 흐름 속에서 어떻게 상담사인 자신을 잃지 않고, 건강하게 상담을 하는지에 대한 이야기입니다. 우리 앞에 앉은 구직자들은 생계나 직업과 관련되다 보니 굉장히 예민하게 반응합니다. 구직자의 이야기를 듣다 보면, 무엇이든 해주고자 하는 마음에 구직자에게 끌려가게 되는 경우가 많습니다. '나를 지켜 건강하게 상담하는 법'이 작은 의미에서는 '스트레스를 어떻게 관리하느냐'에 대한 이야기이기도 하고, 나아가 상담하며, '자신의 상태를 살피고 건강하게 상담하는 방법'에 대한 이야기이기도 합니다.

일을 하면서, 순간순간 닥치는 스트레스에 대해 고민해보고, 스스로 적절히 해소할 방법이 필요합니다. 고백하건대 상담이 연거푸 이어지고, 상담사인 제가 체력적으로나 심리적으로 힘에 부칠 때면 저도 모르게 구직자에게 부정적인 감정을 쏟아낼 때도 있습니다. 또 에너지를 많이 써야 하는 구직자의 경우 앞 구직자와의 감정이 뒤 상담에 고스란히 전달될 때가 있습니다. 상담 이외에도 기관의 상사의 피드백 등 외부적인 요인도 구직자와의 상담에 영향을 미칩니다. 자신의 감정을 적절하게 정리하여, 상담에 임해야 하는데 그렇지 못하게 계속 연결된다면 상담하는 저도 힘들고, 구직자 역시 난데없이 제 감정을 받게 됩니다. 이것을 줄이고자 노력을 많이 하는 편이지만 그것이 제대로 되지 않아 의도치 않게 구직자에 감정을 상하게 한 적도 있습니다.

그것을 막고자 저는 제 상태를 살피려고 합니다. 육체적 건강을 지키기 위해 첫째, 물을 많이 마시려고 합니다. 상담을 할 때, 목에 힘주어 말하는 버릇이 있다는 것을 발견했습니다. 아마도 정확한 정보의 전달과 혼란을 막기 위해 단어 단어 짚어서, 말하다 보니 그러한 버릇이 생긴 것이 아닌가 생각합니다. 상담을 1년 하고 나니, 목소리가 약간 굵어졌다는 느낌을 받았습니다. 이제 시작인데 벌써 이러면 목 건강이 많이 상하겠다 싶어서, 그것을 알고부터는 의식적으로 목에 힘을 빼고 물을 많이 마셔 최대한 부담이 덜 가게 하려고 노력합니다. 둘째, 스케줄 예약을 할 때 상담과 상담 사이 휴식시간을 주려고 합니다. 보통 오늘 상담이 끝나면, 다음 상담 날짜와 시간을 미리 예약하고 마무리합니다. 이때 상담과 상담 사이 간격을 두려고 합니다. 하루 상담 건수가 많아 쉽지 않다면 의식적으로 한 사람당 30분 내외의 시간으로 유지하려고 시간을 조정합니다. 그래야만 얼른 상담일지를 마무리하고, 다음 상담을 준비할 수 있으니 말입니다.

심리적인 건강을 지키기 위해, 마음이 답답하면 크게 심호흡을 하며, '내가 할 수 있는 일인가?'를 물으며, 마음을 다잡곤 합니다. 또 점심시간 식사를 마치면 10분이라도 시간을 내어 회사 주변을 걷는 편입니다. 좋아하는 음악을 듣기도 하고, 볕을 쐬며 광합성을 하기도 하고, 때때로 마음 맞는 이와 잠깐 수다를 떨기도 합니다. 일을 하면서는 화장실을 가며, 일부러 1층으로 내려가 바깥 공기를 좀 쐬기도 합니다. 정말정말 힘에 부치고 일이 힘들 때에는 화장실 가는 척 회사 주변을 짧게 5분이라도 가볍게 한 바퀴 돌고 온 적도 있습니다. 여성인력개발센터에 근무할 때는 요리 수업처럼 당장 버려야 하는 쓰레기가 발생하면 일부러 동료 선생님 따라 쓰레기를 버리러 가기도 했습니다. 3층에서 1층 쓰레기장까지 잠깐이지만 그 찰나가 동료 선생님과 수다도 떨고, 바깥 공기도 좀 쐬는 숨 쉬는 그런 시간이었습니다. 각자 서랍 셋째 칸에 초콜릿이나 비스킷 등 좋아하는 것들로 작은 탕비실 만들어두셨지요?

문득 다른 상담사 선생님들은 어떻게 그때의 스트레스를 해소하고, 자신을 지키고 있는지 궁금해져 여쭈었더니 각자 자신을 지키기 위해 재미있는 방법들이 있더군요. 'ㅈ 선생님'은 화장실을 좀 오래 간다고 하셨습니다. 당시 일하던 곳이 5층 건물 3층에 위치했습니다. 화장실을 갈 때면 일부러 1층이나 2층, 4층 화장실을 다녀오신다고 하셨답니다. 흡연자인 'ㄴ 선생님'은 평소 좀 무던한 편이라 특정 사람이나 감정에 일희일비하는 경향이 적습니다. 오전 11시 전후, 식사 후 양치 전, 오후 2~3시쯤 흡연 루틴이 있습니다. 사실 힘든 티를 내지 않으시려고 하시지만, 까다로운 구직자가 오면 저 루틴 외 흡연시간이 추가되기도 합니다. 'ㄱ 선생님'은 구직자를 순위에 따라 감정과 에너지를 달리한다고 합니다. 구직자에 따라 자신과 좀 더 잘 맞는 구직자에 에너지를 더 쏟는다고 하셨습니다. 'ㅂ 선생님'은 업무가 주는 보람과 그것을 수행했을 때 성취감을 계속 떠올린다 하셨어요.

각자 이 혼란의 직업상담사 일을 하며, 자신을 지키기 위해 여러 가지 방법들을 사용하고 있으시더라구요. 이 업의 엄청난 업무 강도 속 각자를 지키기 위해, 나름의 방법을 고민하고 있습니다. 이 업에 있는 모든 분들, 그리고 직업상담사로 입사하기를 희망하시는 모든 분들. 혼란의 이 업에서 각자 자기만의 방법을 찾으시어 부디 건강한 상담을 진행할 수 있기를 바라봅니다.

여성새로일하기센터와 여성인력개발센터

:

　많은 분들이 직업상담사로 입직하기를 희망하여, 어떤 일을 하게 되는지 궁금해합니다. 직업상담사 자격증을 취득하고 대다수 예비 직업상담사들이 꿈의 루트처럼 직업훈련기관 → 여성새로일하기센터(또는 여성인력개발센터) → 국민취업지원제도(이하 국취)[10] → 대학일자리센터 순으로 경력을 개발시키기를 희망합니다.

　직업상담사 자격증을 취득하고 초기 입직에 가장 많은 부분을 차지하는 여성새로일하기센터의 대략적인 분위기를 알려드리려고 합니다. 관련 기관에 입직하고자 하는 분들께 도움이 되길 바랍니다.

10　다음 장에서 국취 상담사에 대해 다루고 있습니다.

저의 경우 모(母) 기관이 여성인력개발센터(이하 여인력)인 여성새로일하기센터(이하 새일센터)에 1년 근무하고 퇴사했습니다. 최대한 기관별, 지역별, 센터별 특수한 성격을 제외하고, 보편적 상황에 대해서 알려드립니다.

1) 여성새로일하기센터, 여성인력개발센터

우선 여인력과 새일센터와의 관계를 이해해야 합니다. 많이 헷갈려 하시는데 여인력과 새일센터는 운영 주체가 다른 기관입니다. 여성 일자리 관련 사업으로 여성가족부의 '여성새로일하기센터 사업'을 전국의 여성인력개발센터, 여성회관, 기타 사단 법인(YWCA 등)에 지정 또는 위탁하여 진행합니다 (지정과 위탁의 유무는 상담사로서는 큰 영향을 차지하지 않습니다. 시, 도 등에서 사기업에 지정을 하느냐, 각 사기업에서 시, 도에 위탁 입찰을 받느냐입니다). 관공서 등에서 새일센터만 운영하는 경우도 있습니다. 2021년 현재 전국 158개소[11]가 운영되고 있습니다.

전국의 새일센터 중 가장 많이 지정/위탁을 받은 새일센터가 대부분이 여인력입니다. 때문에 새일센터 사업을 진행하는 기관 중 여인력이 양적으로는 가장 많은 모수를 차지합니다. 직업상담사 구인 건으로 여인력이 가장 많은 것이지요. 결국 '여인력=새일센터'인 경우도 있고, 여인력의 규모에 따라 여성가족부의 여성새로일하기센터, 고용노동부의 청년내일채움

---

11   여성새로일하기센터 홈페이지

공제, 국민취업지원제도, 중장년 일자리 사업 등 각 부처 사업의 승인이 되면 다양한 사업을 운영하는 것이지요.

정리하면 여성가족부 여성새로일하기센터 사업을 시, 도에서 개인 사기업 법인에 지정 또는 위탁하는 형태로서, 여성가족부의 여성새로일하기센터의 운영지침을 따릅니다. 그 지침에 업무 규정이라든지 급여 수준이나 채용 자격이라든지 모두 명시되어 있습니다. 그런데 새일센터 지침과 규정을 공공기관에 준해 따르지만 그것에 더해 그 외 근무환경이나 복지 등 취업규칙 등은 사기업의 규정에 따라 운영합니다. A 여인력, B 여인력이 복지가 차이 나는 이유입니다. 비슷한 맥락으로 같은 여인력 내에서도 새일팀이나, 직업훈련팀(센터마다 명칭이 조금씩 다릅니다. 능력개발팀. 직업능력개발팀 등)이냐에 따라 급여가 차이 나는 것도 동일한 맥락입니다. 직업훈련팀은 새일 규정을 따르지 않기 때문입니다.

2) 입직 당시 스펙

직업상담사로는 여성새로일하기센터가 첫 직장입니다. 다른 직종의 업무도 3년 정도 일했습니다. 직업상담사로 입직하기 전 대학교 학과사무실에서 일자리 사업 행정조교로 1년 8개월 근무했습니다. 이 경력이 새일센터에 입직할 때 정량적 경력으로 인정받지 못했지만, 당시 센터장님께서 일자리 업에 대해 대략적으로나마 알고 있다고 우대해주셨습니다.

3) 여성새로일하기센터

새일센터의 목적 자체가 결혼, 임신, 출산, 육아 등으로 경력이 단절된 여성에게 직업상담, 구인/구직관리, 직업교육, 인턴십, 취창업지원, 취업 후 사후관리, 경력단절예방 등 종합적으로 지원하기 위한 곳입니다.[12] 때문에 새일센터에 근로하는 근로자 역시 다른 직종에 비해 상대적으로 경력단절여성, 40~50대 여성분들에게 문턱이 낮습니다. 제가 일한 센터도 20~50대까지 모두 분포하고 있었습니다.

(1) 구직자

설립목적에 따라 방문객이 100% 여성입니다. 센터와 지역의 차이가 있겠지만 주요 연령대로 30~50대 경력단절여성이 주를 이룹니다. 간혹 여인력의 직업훈련을 수강하는 남성 수강생이 있지만 새일센터에서는 시스템상 남성 구직자의 정보가 아예 열람이 안 됩니다.

(2) 업무의 장점

① 양적으로 많은 구직자의 사례를 다룰 수 있습니다. 공공서비스이기 때문에 참여 인원의 제한이 없습니다.

② 일자리 사업의 대부분 업무를 배울 수 있습니다. 위의 설립목적에서 알 수 있듯이 취업알선, 구인구직부터 직업훈련프로그램, 인턴십, 집단상담, 경력단절예방 등 원스톱 종합취

---

12   출처: 여성새로일하기센터 홈페이지

업서비스를 지향하기 때문에 직업상담사로 일할 수 있는 거의 대부분의 사업 꼭지를 모두 배울 수 있는 것이 가장 큰 장점입니다. 초기 직업상담사로 입직하는 경우 새일이 큰 장점이 될 수 있습니다.

③ 고용센터 협력기관으로서 다양한 일자리 기관과 협업이 가능합니다. 고용센터가 고용복지+센터(이하 고플)로 서비스를 확대하면서 고용센터 인근 가장 가까운 새일센터가 고용센터에 입주하도록 되어있습니다. 고플에 입주하면 우리 기관 외 일자리 업에 있는 다양한 기관 예 상공회의소, 중장년일자리센터, 장노년일자리센터 등을 접할 수 있는 장점이 있습니다. 고용센터 무기공무직 준비하시는 분들 같은 경우 귀동냥으로도 고용센터의 업무를 접하실 수 있으실 겁니다. 저도 1년 동안 새일에 근무하면서 반년은 본부 사업, 반년은 고플 파견이었는데 각기 다른 장점이 있었습니다.

(3) 업무의 단점

① 양적으로 많은 사업과 많은 구직자 사례를 다룰 수 있지만 그에 따르는 행정업무도 많습니다. 공공기관이니 모두 시스템에 남겨야 하고, 서류로 갖추어져야 합니다. 예를 들어 전국의 새일센터면 기본적으로 사용하는 프로그램이 2가지, 여인력이라면 여인력 시스템에도 입력해야 합니다. 만약 모(母)기관이 여인력인 새일센터에 근무하신다면 한 명의 구직자에 대한 상담 내용을 3가지 각각 다른 프로그램에 동일하게 입력

해야 합니다.

② 정량적 실적이 중요하기 때문에 연말이면 사업별로, 센터별로 실적 전쟁입니다. 일자리 업에 있다면 실적을 떼려야 뗄 수 없다 봅니다.

③ 공공기관이라 급여, 복지, 처우가 최저임금 수준입니다. 지침에 따라 기본임금이 지급됩니다. 공무원이 봉사직이라 급여가 적은 이유와 동일합니다. 다만 모(母)기업의 재정사항에 따라 기본임금에 추가적으로 상여금 등 금액이 달라지기도 합니다.

무슨 일이든 장점과 단점이 함께한다고 봅니다. 직업상담사 커뮤니티에서 '새일'은 혹은 '여인력'은 일이 많다는데 하고 걱정하는 글을 많이 보았습니다. 일이 많고, 업무 강도가 높은 것은 사실이지만 새일센터에서 처음 직업상담사를 시작했기 때문에 얻을 수 있는 장점도 분명히 있었습니다. 일자리 업의 거의 대부분의 꼭지를 배울 수 있습니다. 저는 새일센터에 일하면서 기본 업무 외에 자소서 강의, 면접 컨설팅, 채용 박람회 등도 진행해보았습니다. 새일센터 명함을 달고 있어서 내가 일반 구직자면 만날 기회가 적은 대기업 대표님도 만날 수 있었습니다.

이 이야기에 새일을 퇴사한 이유를 짧게 덧붙입니다. 첫 번째로 30대 초 미혼인 제가 임신, 출산, 육아로 경력이 단절된 구직자를 온전히 이해하고 공감하는 것이 사실상 조금 버거웠습니다. 그나마 일을 하면서 즐겁고 라포형성이 잘 된 대상은 20대 청년이나 또래의 청년들과 상담을 할 때였습니다. 실제로 옆에서 지켜보던 동료 선생님께서 저더러 '청년층과 상담할 때 신이 나서 한다.'고 하셨습니다. 제 또래인 청년층을 주로 상담할 수 있는 일자리 사업을 희망했습니다.

두 번째로 공공기관의 성격을 지닌 새일센터 특성상, 구직자의 제한 없이 누구나 와서 상담을 하는 시스템이 힘에 부쳤습니다. 고용센터 파견 업무를 하던 어떤 날을, 제가 상담을 하고 있는데 대기석에서 2~3명이 상담을 기다리며, 저를 쳐다보고 있는 상황도 있었습니다. 그러니 심리적으로 부담이 느껴지고, 상담을 질적으로 집중하기가 어려웠습니다.

모두 처음은 있는 것이니 처음부터 걱정하지 않으셔도 됩니다. 저의 경험이 직업상담사로 입직하는 데 도움이 되었으면 합니다. 모두들 파이팅입니다.

국민취업지원제도
상담사의 하루

⋮

국민취업지원제도(이하 국취) 상담사로 2년째 근무하고 있습니다. 국민취업지원제도 상담사는 어떠한 하루를 보내는지 궁금해하실 것 같아 하루의 일을 나열해볼까 합니다. 국민취업지원제도 일의 강도가 악명 높기에 대부분 겁을 먹고 계실 텐데, 직무를 알고 접근하는 것이 좀 더 도움이 되지 않을까요.

지금까지 업무 중 상담이 가장 많았고, 국취 상담사로서 할 수 있는 모든 업무를 진행했던 날의 스케줄을 공개해봅니다. 하루 동안 7개의 상담을 진행하려면 점심시간(오후 12~1시)을 제외하고 출근해 퇴근할 때까지 거의 한 시간 단위로 계속 상담을 진행한 것입니다. 상담 외 기관과 사업 홍보를 위해 외부 홍보를 진행하기도 합니다.

2021년 기준으로 기존 취업성공패키지(이하 취성패)가 구직촉진수당과 통합되어 국민취업지원제도로 개편되었습니다. 국민취업지원제도는 청년, 중장년, 저소득층 등 취업취약계층을 대상으로 취업지원 서비스와 생계지원을 제공하는 한국형 실업부조 제도입니다.[13] 각 유형의 구분 없이 기본적으로 동일한 취업지원 서비스를 제공합니다. 다만 I 유형의 경우 구직촉진수당을 지원하고, II 유형의 경우 기존 취업성공패키지와 동일한 단계별 취업지원 서비스를 지원합니다. [14]

2020년까지 취성패와 2021년 국취를 기준으로 한 사람의 상담사가 관리할 수 있는 최대 인원은 100명입니다. 이 100명은 국취 I 유형, II 유형 1, 2, 3단계 참여 중인 순 인원만을 의미합니다. 100명 이외 3개월 사후관리(취업자. 미취업자) 인원도 관리하고 있습니다.

> 오전 9시 기관 및 사업 홍보 (○○ 지하철역)
> 오전 9시 30분 강○○ 국민내일배움카드 발급 신청
> 오전 10시 박○○ 이력서, 자기소개서 컨설팅
> 오전 11시 김○○ 일자리 정보제공 및 구직촉진수당 신청

---

13 국민취업지원제도 홈페이지

14 I, II 유형의 분류는 최근 2년 내 근로 유무, 청년/중장년, 소득분위, 가구단위, 재산 등에 심사 후 분류됩니다.

오후 1시 이○○ 초기상담
오후 2시 최○○ 면접 컨설팅
오후 3시 30분 김○○ 개인별 구직활동 계획(IAP) 수립
오후 4시 30분 김○○ 심리검사 해석

초기상담, 심리검사 해석상담을 구직자의 이야기를 집중해서 듣고, 본인의 이야기를 끌어내야 하기 때문에 에너지 소모가 많습니다. 또, 입사지원서 컨설팅과 면접 컨설팅 역시 구직자의 입사서류와 답변을 바탕으로 꼼꼼하게 읽고, 들으며 구직자의 강점을 최대한 강점화하여 표현할 수 있도록 컨설팅합니다.

상담을 하고 나면, 각각 상담일지를 전산에 남겨야 하고, 국민내일배움카드 발급을 했으니, 고용센터에 행정서류를 보내야 합니다. 기본 내방상담을 제외하고, 또 다른 일정들이 있습니다.

- 21일 경과자 4명
- 김○○, 오○○, 이○○, 훈련수당 지급
- 박○○, 내일 학원 개강
- 정○○, 윤○○ 구직촉진수당 지급
- 최○○, ○○기업 지원 확인
- 김○○, 박○○, 일자리 정보제공

공식적인 내방상담 7개만도 힘에 부치는데, 더 많은 유선 업무가 남았습니다. 사용하는 시스템에서는 마지막으로 상담 일지를 등록한 후 22일이 지나면 자동으로 '22일 경과자'라고 하여 관리할 인원을 알려줍니다. 각 구직자의 단계에 따라 2단계 훈련 참여한 사람의 경우 '훈련은 잘 듣고 있는지' '특이사항은 없는지' 유선으로 확인합니다. 3단계 구직자의 경우 '구직활동은 어떻게 하고 있는지'를 파악하고, 적절한 일자리를 안내합니다.

김○○, 오○○, 이○○, 정○○, 윤○○은 훈련수당과 구직 촉진수당 지급 단위기간 1개월이 지나 수당 지급일이 되었으니, 참여자에게 수당을 신청할 수 있도록 전화나 카카오톡 메시지로 안내합니다. 수당신청서가 접수되면 관련 내용을 시스템에 입력하고 고용센터에 발송해야 합니다.

박○○은 내일 학원이 개강하니, 전화해 훈련수당을 비롯한 일련의 주의사항과 훈련 잘 들을 수 있도록 독려합니다. 어제 ○○기업 일자리 정보를 제공한 최○○에게 전화하여, 입사지원을 했는지 지원 유무를 확인합니다. 전화를 한 번에 받지 않으니, 카카오톡 메시지를 비롯해 각종 수단으로 연락을 취합니다.

한숨을 돌릴까 하며 구인구직 사이트를 보다 보니, '경리사무원' 구인정보가 눈에 띄어 같은 직종을 희망하는 김○○과 박○○에게 일자리 정보를 보냅니다. 역시 한 번에 재깍 전화가 연결되지 않아 부재중 기록을 남겨두거나, 카카오톡 메시지를 남깁니다. 다른 이의 상담을 하는 중 부재중 기록을 확인한 구직자가 다시 전화를 주면 그나마도 감사합니다. 그렇지 않은 분들이 더 많습니다. 그러면 또 상담을 마무리하고, 구직자가 오기를 기다리는 잠깐 찰나에 연락이 될 때까지 전화를 돌립니다.

그렇게 하루 종일 떠들고, 정신 빠지게 무언가 하다 보면 어느새 오후 6시가 되어 주섬주섬 짐을 챙깁니다. 하루가 이렇게 정신없이 돌아가다 보니 일자리 정보를 제공하거나, 밀린 상담일지 덕에 야근을 하기도 합니다. 다행히도 야근을 지양하는 기관 분위기 탓에 '아! 진짜 못하겠다.' 하고 혼이 빠진 것마냥 서둘러 퇴근을 합니다. 그렇게라도 하지 않으면, 한순간이라도 더 머물면 미칠 것 같기 때문입니다. 상담을 많이 한 어떤 날은 퇴근하면, 귀에서 '윙~' 소리가 나고, 또 어떤 날은 턱 아귀가 빠질 것 같이 얼얼하기도 합니다.

사정이 이렇다 보니, 국취 상담사 업무가 악명 높다는 이야기를 많이 듣습니다. 서비스를 수혜받는 구직자들 사이에서도 블로그 등을 보면 '상담사가 대충한다.'거나 '도움이 되지 않았다.'는 평을 많이 접합니다. 물론 어떤 상담사를 만나느냐에 따라 서비스의 질적인 깊이가 달라지겠지만, 구조 자체가 불합리하다는 생각을 많이 합니다. 그래서 구직자에게 일부러 저의 스케줄 표를 보여주기도 하고, 관리 인원이 100명이라는 이야기를 하기도 합니다.

구직자들의 참여 의지는 어떠할까요? 참여자의 취업 의지를 따진다면 대다수 수당을 목적으로 참여합니다. 수당 지급 기한에만 겨우 연락이 되다가 연락이 두절되거나, 차단당하는 경우도 허다합니다.

악명 높다는 국취 상담사를 간접적으로나마 겪어보니 어떠신가요? 국취 상담사로 근무하면 만 18세에서 만 69세까지 남녀노소 다양한 연령층의 상담 사례를 다룰 수 있는 장점이 있습니다. 힘에 부치고 고민도 많은 국취 상담사이지만 직업 상담사로 계속 커리어를 쌓는다면 한 번은 거쳐 가야 하는 단계라고 봅니다.

3년 차가 느끼는
직업상담사 자격증

⋮

검색포털에 '직업상담사'를 검색하면 자격증 취득과 관련된 글이 수천수만 가지 나옵니다. 그런데 실제적으로 '직업상담사'를 취득하고 그 이후에 대해 언급하는 사람이 거의 없습니다. '취업이 잘 된다.' 하는데 혹은 심리상담 학위를 취득하기 위해 '직업상담사'를 하나의 과정으로 취득했는데, 대체 '직업상담사' 자격증을 취득하고 난 뒤에 어떤 일을 하는지, 어떤 곳에 취업하는지, 알 길이 없습니다. 또 자격증을 취득했는데 그것이 현장에서 어떻게 쓰이는지에 대해서도 알려주는 이가 없습니다. 3년 차로서 현장에서 일하며 느끼는 현재 시행되고 있는 '직업상담사'와 관련하여 느끼는 바를 적어보려 합니다.[15]

---

15   과정평가형으로 자격증을 취득할 수 있는 방법도 있지만 검정형에 한합니다.

1) 응시자격

산업인력공단 큐넷에 '직업상담사 2급'의 응시자격을 검색을 하면, 응시자격이 없습니다. 즉, 특별한 학력이나 학위가 필요치 않습니다. '상담'으로 입직하고자 하는 사람이라면 누구나 쉽게 응시하고, 일정 점수에 도달하면 누구나 쉽게 국가공인 '상담사' 자격증을 취득할 수 있습니다. 전형에 합격만 한다면 그날부터 '상담사'인 것입니다. 자격증만 있으면, 연령에 상관없이 누구에게나 기회가 있고, 역량이 있으면 누구나 취업도 가능합니다.

실제로 제가 일했던 새일센터는 10명의 상담사가 근무하는데, 20~50대까지 스펙트럼의 폭이 매우 넓었습니다. 제가 생각하기에 이 일은 20대의 막 졸업한 사회초년생보다는 어느 정도 연륜이 있는 분들이 하는 것이 보다 적합한 직업입니다.

대학 졸업 후 취업에 대한 어려움 없이 프리패스 취업한 이보다는 취업 때문에 좌절을 겪어보기도 하고, 취업에 대해 스스로 고민도 해봤다면, 상담하는 데 구직자와 소통 측면에서나, 일자리에 대한 정보의 깊이에서나 많은 도움이 되기 때문입니다. 저의 경우도 대학 졸업 후 임용고시를 준비하고, 이후 일을 찾던 경험들이 또래 비슷한 고민을 지닌 청년들과 이야기할 때 많은 공감과 상담 전략으로 사용되기 때문입니다.

이·전직을 여러 번 하거나, 전문 분야에 10~20년 근무하신 분께서 중장년 인생전환기에 재취업을 하시기에도 긍정적으로 작용할 수 있는 직업이라고 생각합니다. 당연히 세월이 주는 내공과 연륜이 있기 때문에 구직자를 대하는 데에도 20~30대 청년 상담사보다 조금은 유연하게 대처하고, 때로는 무례한 구직자에게도 싸우지 않고, 뱃심으로 대처하기는 모습을 옆에서 자주 봅니다.

게다가 특정 분야에 오래 일하셨다면 그 업종이나 산업, 직무에 빠삭하게 꿰뚫고 계시고, 많은 업체와 네트워크를 가지고 계시니 더욱 중요한 자산이 됩니다. 직업상담사로서 그 분야에 있어서는 독창적인 강점을 지닌 상담사가 되기 때문입니다.

2) 취득 방법

산업인력공단 큐넷에서 '직업상담사 2급'을 검색하면 직업상담사 자격증 검정 방법이 그리 어렵지 않습니다. 사지선다 필기 1차와 필답형 실기 2차 시험만 통과하면 자격증이 발급이 됩니다. 물론 실기시험이 녹록지 않습니다. 앞서 밝혔듯 저는 재수, 삼수, N수를 하고, 낮에는 일하고 밤에는 울면서 공부했습니다.

그런데 직업상담사 자격증은 다른 기사 자격증에 비해서

응시자격도 없고, 취득 방법이 매우 쉬운 편입니다. 그래서인지 '직업상담사 자격증'을 취득한 수많은 직업상담사들이 현장에 투입되었을 때, 입사 후 짧게는 일주일, 길게는 한 달이 채 되지 않아 짧은 시간 내 혼란과 멘붕을 겪게 됩니다. 그 혼란과 멘붕은 조금 더 나아가 '직업상담사의 역할'과 '정체성의 갈등'에 심각하게 직면하게 됩니다. 그러한 시행착오를 안내자나 매뉴얼 없이 겪게 됩니다. 직업상담사로서 힘듦의 일은 바로 여기에서 발생하는 것입니다. 제가 그러했고, 지금도 여전히 아주 많이 수시로 고민하는 부분입니다.

상담이나 교육과 관련된 국가공인 전문 자격증들의 검정 방법, 취득 방법을 살펴보면[16]

> * 사회복지사
>
> (4년제 학사 이상 타 전공 학위 보유 시)
>
> – 전공 필수 17과목(51학점) 그중 160시간 실습, 30시간 세미나 필수 이수
>
> * 평생교육사
>
> – 3급 전공 7과목(21학점) 그중 교육실습 160시간 필수
>
> – 2급 전공 10과목(30학점) 실습시간 동일

---

16   정보가 변동될 수 있으니, 정확한 정보는 관련 사이트에 반드시 검색해보시기 바랍니다.

* 청소년 상담사
- 관련 학위 취득자 또는 상담 경력 2년 응시자격
- 필기+면접 → 최종 합격 후 4박 5일 연수
* 임상심리사 2급
- 관련 학위 취득자 또는 타 전공 4년제 학사 학위 취득
후 1년 임상 수련

직업상담사 자격증의 경우 그저 '컴퓨터 활용능력' 자격증 시험 치듯 사지선다 필기와 필답형 실기의 일정 점수만 넘으면 합격하고, 취득하게 됩니다. 실기 전형이 있다고 한들 상담에 대해 고민해볼 수 있는 '면접'이 아닌 일정 이론을 암기하여 약식 서술을 하는 필답형 시험입니다. 시험을 위해 공부한 기억은 서술형 시험지에 단기기억력으로 모조리 쏟아내고 나면 다 잊어버리고 맙니다. 현장에서 가장 많이 하는 말이 직업상담사 시험 칠 때 공부한 것이 실무에 하나도 도움이 되지 않는다는 이야기입니다.

그래도 '국가공인 자격증'인데, 게다가 사람을 대하는 '상담' 자격증이며, 사람을 다루는 업이자, 상대에게 영향을 미치는 직업에 종사해야 함에도 이 자격증을 취득하면서 '상담' 또는 '직업상담'에 대해 겪어본 바가 없이 자격증을 취득하면 그저 실전 투입인 것입니다. 어제의 구직자가, 오늘 전문가가 되

어, 구직자를 바로 상담해야 하는 문제가 발생하는 것이지요.

'왜 직업상담사를 준비하시느냐.'를 여쭤면 '타인의 이야기 듣는 것을 좋아해서' '사람을 좋아해서.'라며 많은 분들이 쉽게 '상담 자격증'을 취득하십니다. 관련 학위 등 다른 상담사 자격증에 비해 '직업상담사' 자격증 취득 후 입직하여, 마주하는 가장 큰 괴리감이 여기에서 발생합니다. 실제로도 초기 이탈자 중에 '그저 상담이라 하여, 다른 사람 이야기를 그저 들어주면 되는 줄 알았지 이런 일을 하는 건지 몰랐다.' 하는 분들이 대다수였습니다.

만약 자격증을 취득하기 위한 과정으로, 현장실습이 있다면, 실습기간 중 허드렛일을 하더라도 직업상담사가 어떤 기관에서 일을 하는지, 어떤 일을 하는지 정도는 눈칫밥을 먹으며 배울 수 있지 않을까요?

더 큰 혼란은 직업상담사라는 직업을 안내해줄 가이드나 멘토, 슈퍼바이저가 존재하지 않는다는 것입니다. 어느 정도 점수만 도달하면 자격증을 취득하니, 업무에 투입하여 직무적인 혼란을 비롯하여 심각하게는 직무의 역할과 가치관, 정체성의 혼란을 겪게 되는 것이지요. 어찌 되었든 사람에 영향을 미치는 직업임에도 불구하고 상담사 본인이 상담에 대한 가치관이 채 적립되기 전, 아니 그것에 대해 생각해볼 겨를 없이, 미친 듯이 몰려드는 업무를 쳐내야 합니다.

직업상담사 자격증으로 취입할 수 있는 기관이 대부분 공공서비스를 기반으로 하고 있습니다. 모든 공공서비스가 그러하듯, 최대한 많은 인원이 참가하는 것을 지향하고, 그것 대비 정량적 실적을 요구합니다. 때문에 직업상담사로서 내가 일하는 방법에 대해 고민할 겨를조차 없는 것이 현실입니다. 그래서 이 방법이 맞는지, 바른 것인지, 틀린 것인지, 틀리지는 않지만 바르지 않은 방법인지 모른 채, 알음알음 선배가 '건수 올리는 법'이라고 알려주면 그저 배우는 것입니다. 그것이 어떤 영향을 미치는지도 모르고, '이것이 방법인가 보다.' 하고 배우게 되는 것입니다.

그 선배 역시 2~5년의 선배에게 배웁니다(기관에 따라 편차가 큽니다. 심지어 신생기관의 경우 3~4개월 먼저 들어온 3개월 차 선배가 사수가 되기도 합니다). 생각보다 일의 강도가 높으니, 5년 이상 장기근속하는 사람이 드물기도 합니다. 애초에 다른 직종으로 전직하거나 관련 업이라도 강의 쪽으로 이·전직합니다. 신입은 그나마 비슷한 경력의 동료이자 선배가 알려주는 것을 바탕으로 스스로 시행착오를 겪으며 익혀야 합니다. 커리어의 푯대나, 이정표 없이. 방향성을 안내해주는 이 없이 말입니다.

정말로 감사하게도 저는 첫 기관에서 기관장님을 비롯해

팀장님께 정말 '호되고 빡세게' 배웠습니다. 그렇기에 이런 고민을 할 수 있다고 생각합니다. 그런데 대부분 그러한 고민을 할 겨를도, 필요도 없이 그냥 일을 합니다.

상담사이기는 한데, 심리상담사인지, 취업알선원인지, 사회복지사인지. 또 내 앞에 앉는 이들은 구직자인지 내담자인지, 참여자인지부터 명확하지 않은 혼란을 겪게 됩니다. 상담을 하면서도, 나는 구직자의 이야기에 '어디까지 개입해야 할까?' '어디까지 구직자의 이야기를 듣고, 어느 선까지 허용해야 하나?' '어느 선에서 잘라야 하나?'를 상담을 할 때마다 끊임없이 혼란에 혼란을 거듭합니다. 교과서에서는 '구직자의 욕구(니즈)를 잘 따라가라.' '초기 라포형성이 제일 중요하며 잘해야 한다.' 하는데 대체 어떻게 하지요?!!!

이렇게 혼란 속에 업무를 하다 보면 지금보다 나은 방향으로 나아가고 싶은 마음이 생기기도 합니다. 대부분의 직업상담사들이 자신의 버거움과 부족함을 느끼는 순간이 오기 때문입니다. 그렇다 해도 업무가 미친듯하고, 생각보다 굉장한 에너지가 필요한 일이니, 퇴근하면 녹다운입니다. 때문에 웬만한 의지와 노력이 아니고서야 대다수 그저 지금의 방법으로 만족하거나, 타협하거나 안주하게 됩니다.

저 역시 위의 과정을 모두 겪었고, 상담 횟수를 거듭할수록 고민이 많아지기도 합니다. 만약 위에 나열했던 다른 자격증처럼, 직업상담사 자격증을 취득하기 위해, 다른 전형 방법이었다면 저와 같은 시행착오와 소진이 조금은 덜하지 않을까 하고 생각해봅니다. 청소년 상담사의 면접 필출 질문이 '많은 상담 이론 중에서 어떤 상담 이론을 택하였는지 설명하기'인데, 만약 직업상담사 자격증에도 면접 전형이 있다면, 적어도 상담 이론을 나의 것으로 만들기 위해, 그리고 나의 상담 방향성에 대해 고민해보지 않았을까요. 물론 직업상담 자체의 상담 이론도 거의 심리상담의 영역을 빌릴 뿐, 자체의 이론마저 부족한 것이 현실이기도 합니다. 그리고 관련 기관에서 현장실습을 한다면, 적어도 직업상담사로서 어떤 일을 하는지, 참여자의 성격은 어떠한지, 기관에 일하고 있는 현직자들은 어떤 목소리를 내는지 알 수 있지 않을까요.

오랜 시간 관행으로 진행되던 자격증의 취득 방법을 당장 바꿀 수는 없겠지요. 그렇다면 직업상담사로 취업하기 위해 무엇보다도 필요한 것은 직업상담사라는 직무에 대해 파악하고 스스로 어떤 방향을 지향할지 고민할 필요가 있다고 생각합니다.

직업상담사로 취업하려면
관련 기관에 방문해보세요!

:

"직업상담사로 취업하고 싶은데 뭐부터 해야 할지 모르겠어요."

"직업상담사 자격증은 취득하기는 했는데, 어떻게 해야 할지 모르겠어요."

"직업상담사 자격증은 취득했는데, 취업이 안 돼요."

예비 직업상담사 선생님들께서 가장 많이 물어보시는 질문입니다. 이제 막 자격증을 취득하고, 충만한 자신감을 바탕으로, 입사지원을 해보지만 몇 차례의 고비를 마시고, 좌절 끝에 '취업이 너무 안 된다.'고 말씀하십니다. 그러면 전 그분들께 몇 가지 질문을 드립니다.

"직업상담사 자격증으로 취업할 수 있는 기관에 방문하여 상담받아보셨는지요?"

"상담받아보셨다면 선생님이 살펴본 '직업상담사'의 업무는 어떠했나요?"

"선생님이 생각하시는 직업상담사 업무는 어떤 일을 하는 업무인가요?"

"본인의 자기소개서를 직업상담사에게 첨삭받아보셨는지요?"

직업상담사의 업무에 대해 질문하면 대부분 '사람 이야기 들어주는 것'이라고 대답합니다. 또, '왜 이 일을 하시려고 하시냐.'고 물으면 그저 '사람 좋아해서' '공감을 잘 해줘서'라고 대답하십니다. 그러면 현장에 일하는 저로서는 답답할 따름입니다. 직업상담사를 소재로 블로그에 글을 쓰시는 다른 이웃님의 표현을 빌려 냉정하게 표현하자면 '사람 이야기 들어주는 것은 동네 아줌마도 할 수 있다.'입니다. 심한 예를 들면 어떤 기관의 기관장님께서는 신입 직업상담사 뽑을 때 자기소개서에 '사람을 좋아해서' '이야기 듣는 것을 좋아해서'라고 적힌 자기소개서는 바로 탈락시킨다는 말까지도 하셨습니다.

직업상담사로서 취업이 어려운 여러 이유가 있겠지만, 가장 큰 이유는 **직업상담사 직무에 대해 모르기 때문**입니다. 입직을 하려면, 어떤 직무든 직무를 알아야 한다는 것은 너무도 당연한 이야기입니다. '직업상담사' 역시 마찬가지이지요. 직업상담사로 일을 하려면, 직업상담사의 일을 알아야 하는데, 대부분의 예비 직업상담사는 직업상담사가 어떤 기관에서, 어떤 일을 하는지 모르는 경우가 허다합니다.

질문을 받을 때마다, 추천해드리는 방법으로 직업상담사 자격증으로 일할 수 있는 기관에 직접 가서서 상담받아보는 것입니다. 그런데 이 '상담을 받는 것'이 단순하게 입사를 하기 위해, 이력서/자기소개서 컨설팅을 비롯한 구직상담을 통해 재점검하시라는 뜻이 아닙니다. 물론 이력서/자기소개서 컨설팅 역시 중요한 과정입니다. 더 중요한 숨겨진 의미는 **그곳에서 실제로 근무하고 있는 직업상담사의 업무를 간접적으로라도 겪어보시라는 것**입니다.

그 직무를 아는 데에는 실제로 체험을 해보는 것이 가장 좋은 방법이나, 현실적으로 여의치 않으니 실제 직무에서 근무하고 있는 사람들의 이야기를 듣고, 환경을 보면서 간접적으로 체험하는 것입니다. 비단 직업상담사뿐 아니라, 직무를 알기 위해서는 현장의 이야기를 듣는 것이 가장 도움이 됩니다. 간혹 대기업, 공기업 입사를 준비하는 청년 구직자들 중에는 합격을 하기 위해(실제로는 직무와 회사를 알기 위해), 사돈의 팔촌, 선배, 후배, 선배의 친구, 선배의 선배 등 각종 최대한의 지인 네트워크를 활용하여, 실제 근무하고 있는 재직자의 이야기 인터뷰를 하여, 자기소개서나 면접에서 활용하기도 합니다. 이렇게까지 해야 하나 싶겠지만 그러한 노력을 한 친구들이 결과적으로도 긍정적인 결과를 가져오는 경우가 많습니다.

블로그를 검색하면, '직업상담사' 자격증을 쉽게 합격할 수 있는 자격증이라고 수많은 광고와 합격 글이 있지만, 정작 업무에 대해서는 명확하게 알고 계신 분들이 없습니다. 이런 맥락에서 직업상담사로 입직하고자 하는 분이라면, 적어도 직업상담사 자격증으로 일할 수 있는 기관에 방문하여, **'직업상담사의 관점에서'** 상담을 받아보라고 말씀드립니다. 기관마다 성격은 다르겠지만, 실제로 직업상담사 업무를 하고 있는 분들께 질문하고, 그 환경을 살펴보는 것입니다.

1) 어떤 일을 하는지, 2) 일자리 기관을 찾는 구직자들은 주로 어떤 분들이 방문하는지, 3) 상담사의 업무 강도는 어떠해 보이는지, 4) 일하고 있는 직업상담사의 말투나 표정은 어떠한지, 5) 기관의 환경은 어떠한지 등등 자신이 궁금해만 한다면 너무나 많은 정보를 얻을 수 있습니다.

저 역시 직업상담사로 입직을 준비할 때, 집과 가까운 곳에 위치한 '여성인력개발센터'에서 직업상담사에 필요한 교육 프로그램을 들으며, 강사 선생님과 프로그램 담당 선생님을 붙잡고 이런저런 질문을 하기도 했습니다. 물론 자기소개서, 이력서 첨삭도 다양한 입장을 취하기 위해 여러 선생님께 부탁드렸고요.

간혹 이렇게 조언드리면, 진짜 그렇게 해도 되냐고 물어보십니다. 직업상담사로 근무할 수 있는 기관을 생각해보면, 고용센터, 시군구 일자리센터, 여성새로일하기센터, 국민취업지원제도(구. 취업성공패키지), 중장년일자리센터 등등 대부분 공공서비스의 성격을 지닌 곳입니다. 생산직군 등의 다른 직군에 비해 접근이 쉬운 장점을 최대한 활용하는 것입니다.

똑같은 직업상담사라 하더라도 각 기관별, 사업별 상담사의 역할과 상담의 방향이 차이가 있습니다. 때문에, 여러 기관에서 단회성 상담을 받아도 좋은 방법이고, 아예 국민취업지원제도처럼 다회성 상담 프로그램에 참여하면서 직접 느끼고, 적극적으로 관련 정보를 질문해보는 것도 추천합니다.

특히 안정성 때문에 고용센터 공무직, 무기계약직으로 일하고자 하시는 분이라면 더더욱 고용센터 가보시기를 추천합니다. 굳이 내가 상담을 받지 않더라고, 민원 창구에 앉아 현장을 살펴볼 필요가 있습니다. 우리의 일이 구직자들의 생계와 연결되다 보니 고용센터의 경우 민원 강도가 매우 높습니다. 게다가 행정기관이다 보니 상담 업무를 하기보다 행정처리를 하는 경우가 더 많습니다. 단순히 안정성만 보기보다 어떤 대상의 구직자가 주로 오시는지, 어떤 내용들이 주로 오고 가는지 등 민원 창구에 앉아 간접적으로나마 경험해보시라는 말씀을 드립니다. 고용센터 공무직, 무기계약직의 경우 힘든 시험을 합격하고도, 현장의 괴리감에 초기 퇴사율이 매우 높으니 말입니다.

직업상담사 직무에 대해 고민해보지 않은 것. 이것이 자격증을 취득하여, 신입으로 입직하고 나면, 현장에서 가장 많이 괴리감을 느끼고 이탈하게 하는 원인입니다. 직업상담사로 입직을 하기 위해, 이러저러한 구체적인 상담기술이라든지, 공감이라든지 보다 우선시되어야 하는 것은 직무를 알고, 직무 현장의 분위기를 아는 것이 매우 중요합니다.

4

직업상담사의
딜레마

직업상담사의
딜레마

:

　이 일을 하며 느끼는, 업무적 '딜레마'에 대해 이야기해보려고 합니다. 3년 차 직업상담사로 일하면서, 글을 써야겠다 생각하게 된 가장 큰 이유가 바로 이 딜레마 때문이었습니다. 직업상담사 취업준비생일 때에는 취업준비생대로, 신입 때는 또 신입대로, 1년 차, 2년 차, 3년 차. 직업상담사로 일하며 매 순간이 딜레마였습니다. 매 순간이 제가 가보지 않은 길을 처음으로 가보니 혼란스럽고, 막막하며, 조언을 해줄 누군가가 있었으면 좋겠다 하는 생각이 간절했습니다.

　직업상담사로서 주로 취업하는 곳이 국가 공공서비스입니다. 그러니 양적 실적과 떼려야 뗄 수 없는 근본적인 구조의 문제로, 항상 일을 하는 순간순간 딜레마를 느꼈습니다. 그 딜레마를 해소하고자, 많은 강의들을 찾았습니다. 간지러운 부분을 긁어주지 않을까 하는 제 바람과 달리 대학교수님께서 오셔서, 실무와 완전히 동떨어진 학문의 이상적인 이야기를 하십니다. 물론 제게 울림이 되는 강의도 많았습니다. 그럼에도 불구하고, 실제 구직자와 상담하며 특히, 국가 공공서비스를 통해 방문하는 구직자들을 상담하며, 현장에서 항상 괴리감을 느낍니다. 그래서 글을 써야겠다고 마음먹었습니다. 3년차쯤 되었으니 이제 신입의 딱지를 떼어, 제가 몸으로 부딪히며 배운 시행착오들을 나누어 비슷한 길을 걸으시는 분들께 위안이 될 수도 있지 않을까 생각한 것입니다. 제가 그토록 간절히 바랐던 '누군가'의 조언처럼요.

'취업'이라는 명확한 결과로 과정을 보상받을 수 있는 것이 이 업의 장점이라고 언급했습니다. 그런데 '취업'상담사 혹은 '직업'상담사이기에 가지게 되는 딜레마가 있습니다. 구직자와 상담을 하다 보면 구직자의 성향에 따라 '직업'상담인지, 직업'상담'인지, 제가 하는 역할을 어디에다 방점을 찍고, '어디까지' 신경 써, '어떤 역할을 해야 할까' 딜레마가 항상 저를 고민하게 합니다.

구직자의 성향에 따라 사회성이 결핍되거나, 극도로 방어적이거나, 폐쇄적인 태도를 보이는 구직자가 있습니다. 당장 취업보다는 본인의 문제에 심각하게 빠져있는 구직자도 많습니다. 사실상 이런 경우 우리 영역이 아닌, 심리적인 상담이 선행되어야 합니다. 시스템상 외부 전문기관에 '심리상담'의 연계가 가능하지만, 그것이 말처럼 쉽지 않습니다. 아직은 '심리상담'에 대해 부정적인 인식이 더 많은 우리나라 사회에서, 구직자에게 '심리상담'을 연계하기가 쉽지 않습니다. 또, 구직자 스스로 그러한 제안을 받아들이기도 쉽지 않습니다. 그래서 과연 내가 '어디까지' 역할을 다해야 할지 고민에 빠지고 딜레마를 경험하게 되는 것입니다.

속했던 기관에서 연말 직원 역량 강화교육으로, 상담사별 까다로운 구직자 사례를 선정해, 초빙한 외부 인력에 슈퍼비전을 받은 적이 있습니다. 제 경우 '질병으로 매월 평일 중에, 병원 내방하여, 약 처방이 필요한 30대 구직자' 사례를 제출했습니다. 질병으로 장애등급이 있지만 구직자 스스로 취업 의지가 높았고, 꾸준히 약을 복용하고 있어, 일상생활과 단순 생산직으로 취업하는 데는 문제가 되지 않는다고 하였습니다. 대화를 나누었을 때도, 인지 수준과 사회성이 단순 생산직에 취업하는 데는 크게 영향이 없어 보였습니다. 과거에도 미싱 보조, 단순 부품 조립 등 10개월 짧은 경력이 있으나, 폐업으로 실업급여를 수급하고 있었습니다. 그 경력의 연장으로 생산직 전일제로 재취업을 희망했습니다.

상담을 하며, 구직자는 자신의 질환에 대해 '한 달에 한 번 평일에만 약 처방이 필요하다.'고 이야기했습니다. 스스로 구직의지도 높고, 제가 안타까운 마음에 구직자에게 약 처방은 가급적 주말을 활용할 수 있도록 에둘러 권유했습니다. 입사하여 서로 간 신뢰를 쌓은 뒤, 양해를 구해 평일 처방을 받는 것을 권유해보았습니다. 그럼에도 '평일만'을 강조하는 구직자에 허탈해졌습니다. 상담을 마치고 돌아가는 구직자를 보며, '어디까지' '직업상담사로서 역할'을 다해야 할지 혼란스러워졌습니다.

이 케이스에 대해 슈퍼바이저는 '질병이 있어 치료가 필요한 상황이니, 근로하기보다는 복지시설로 연계해 장애지원을 받을 수 있도록 하라.'는 답변을 하셨고, 저는 거기에 의아했습니다. 제 입장에서는 분명히 구직의지가 있으나, 노동현실과 조율이 안 되어 어떻게 취업할 수 있도록 하는 방법이 필요하였는데 말이죠.

상담을 하다 보면, 꽤나 가까운 사례로 위와 같은 혼란이 너무나 빈번하게 자주 발생합니다. 위의 경우처럼 구직자는 구직의지가 높고, 일을 하고자 하는 욕구가 있음에도 슈퍼비전의 조언을 따라, 근로보다는 장애지원을 받게 하는 것이 구직자를 위하는 일인지, 아니면 저의 의견처럼 근로를 할 수 있도록, 지지하는 일이 구직자를 위한 일인지 어떻게 역할을 취해야 좋을지 혼란스럽습니다.

또 다른 예로, 일하고 싶다고 기관을 찾아오지만, 막상 이야기를 나누어보면, 구직자 스스로 구직의지가 거의 없는 경우가 많습니다. 그러면 또 저는 혼란에 빠집니다. '취업'의 양적 결과라는 기관의 목적만을 생각해 소위 '될 놈'의 분류에서 제외하여, 형식적인 관리만 해야 하는 것인지, 그래도 조금이라도 구직의지가 생길 수 있게 다그쳐서라도 상담을 끌고 가야 하는지, 그도 아니라면 구직자가 원하는 속도대로 두어야 하는 것인지 고민에 빠집니다. 교과서적 정답대로라면 구직자와 라포를 형성하고, 구직자의 핵심욕구를 파악해, 욕구에 맞게 대처해야 하는 것이 정답일 것입니다. 말처럼 쉽지 않습니다.

직업상담사에 대한 글을 검색하면, '실적'에 대한 이야기를 참 많이 봅니다. 실제로도 '실적'과 관련된 질문을 참 많이 받습니다. 저 역시 기관에 소속되어 있으니, '양적 실적'에서 자유로울 수 없습니다. 아무래도 '직업상담사' 자격증으로 취업을 하는 대부분의 기관이 고용노동부의 사업을 위탁받아 진행하는, 결국 '취업률'이라는 양적 실적을 관리, 감독을 받는 입장입니다. 상위기관에서는 평가를 할 때, 취업에 이르기까지의 과정보다는 '취업 인원과 취업률'이라는 양적 지표로 평가하기 때문입니다.

'취업률'이라는 양적 실적을 좇아야 하는지, 구직자의 욕구를 좇아야 하는지, 현실적인 제도를 좇아야 하는지, 현실적이고, 복합적인 문제가 결국 상담을 하는 입장에서 딜레마가 발생합니다. 양적 실적을 결과치로 평가하는 상위기관, 그에 부합하고자 하는 기관의 대표님, 이 시스템 안에서 그래도 구직자의 긍정적인 변화를 기대하는 상담사인 저까지. 여럿의 이해관계가 얼기설기 얽혀있습니다.

분명히 우리의 업이 다른 이로 하여금 도움이 되는 일임이 분명합니다. 그 도움이 '취업'이라는 직관적인 형태로 보상받을 수 있는 장점도 분명 있습니다. 직업상담사 역시 어떤 형태이든 구직자에게 영향을 미치는 업이기에 또 고민이 많아질 수밖에 없습니다.

구직자에게 어떤 선까지, 내가 역할을 다할지에 정답은 없습니다. '취업' 혹은 '취업률'에 가치관을 두어 역할을 할 수도 있고, 구직자의 '긍정적인 변화'에 초점을 둘 수도 있을 것입니다. 저처럼 '취업을 시키는 상담사'이기보다는, 구직자로 하여금 '스스로 취업하게 하는 상담사'가 될 수도 있습니다. 이 딜레마는 이 업을 하며, 어떤 역할을 취할지 언제고 마주하게 될 직업상담사에게 숙명 같은 질문이 아닐까 생각해봅니다.

선생님은 어떤 직업상담사이고 싶으신가요?

제발
기다려주세요!!

：

　체해도 단단히 체해서 며칠을 두통과 메슥거림, 두통약과 소화제를 거푸 먹어도 도통 들질 않고, 두통으로 잠을 이루지 못했습니다. 겨우 체증에 죽겠다 싶어 열 손가락에 발가락까지 따고서야 겨우 쓰러져 잠을 청했습니다. 처음에는 배란기 호르몬의 변화인 줄만 알았습니다. 그런데 며칠이 가도 차도가 보이질 않아, 그렇게 하루를 꼬박 굶고 나서도 속이 메슥거려 먹지를 못하니 엄마가 물으십니다.

"요즘 고민 있어? 신경 쓰는 거 있어?"
"취업률이 안 나오는 것. 그것밖에 없지 뭐."

　고민이야 있지요. 그것도 나의 문제가 아닌 기관의 취업률이 나오지 않아 걱정입니다. 이직하고 3개월이 안 된 3개월

차. 상담 경력이 있다지만 적응기간이 필요한데 매주 회의시간이면 취업자 숫자를 올리지 못한 저는 그 자리가 너무 불편하기만 합니다. 퇴사한 전임 선생님의 구직자를 넘겨받아 라포가 와장창 다 깨어졌습니다. 구직자들은 새 상담사인 저와 관계를 쌓을 시간이 없었으니 신뢰가 없고, 저는 저대로 시스템을 익히랴, 돌발상황에 대응하랴, 상담도 진행하랴 정말 속이 새카맣게 타들어갑니다.

심지어 이번 주 회의에서는 취업자를 늘이는 것 이외, 프로그램기간 중 취업하지 못한 기간 만료자가 나오지 않도록 신경 쓰라는 말씀도 하셨습니다. 구직자의 구직의사만 있다면 하루에 열 개든 백 개든, 알선을 하고, 상담을 할 수 있습니다. 뭔들 못 하겠냐마는 구직자들은 구직의지가 없습니다. 유행처럼 한동안은 청년 구직자들이 대부분 공무원을 희망하더니 요즘은 공기업 채용을 모두 준비 중입니다. 긴 호흡이 필요한 공기관 취업을 희망하는 구직자가 대부분인데, 지금 당장 어떻게 취업률을 높일 수 있을까요. 이러니 고민이, 소망이, 타인의 취업일 수밖에요. 정말로 우습게도 타인의 취업이 되지 않아, 온몸이 긴장하여 체하고 제 몸이 입사한 지, 3개월도 채 되지 않아 결국 탈이 났습니다.

개인적으로 생산의 결과는 결코 채찍질하고, 압박을 가한다고 나오는 것이 아니라고 생각합니다. 일정 부분 믿어주고 기다려주며, 스스로 자신만의 방법을 찾을 수 있도록 조금은 너그러운 마음으로 기다려야 한다고 생각합니다. 그런 기다림 속에서 방법을 몰라 헤맨다면 방법을 옆에서 알려주거나 조언을 해주실 수도 있지 않을까요. 그것이 하루 이틀 쌓여 자신만의 노하우라는 방법이 만들어져 결국 성과로서 선순환하지 않을까요.

내가 할 수 있는 최선을
다할 뿐

⋮

한국 나이로 69세인 기초연금수급자 구직자가 기관에 배정되었습니다. 요양보호사 자격증을 취득하고자 직업교육을 희망하신다고 합니다. 이러한 구직자를 마주하면 고민에 빠집니다. 사실 선호하는 직종으로 취업이 실질적으로 힘든 나이입니다.

장노년 구직자가 배정되면 모든 상담사가 난감합니다. 우선 시스템을 이해하실 수 있게 설명하는 것부터 어렵습니다. 게다가 컴퓨터 활용이 원활하지 않으니, 직업선호도 검사라도 하려 하면 400여 개가 넘는 문항을 상담사가 모두 소리 내어 읽어주고, 답하시도록 해야 합니다. 이러니 상담 외 에너지를 갑절 더 써야 합니다. 장노년 일자리가 미비하고, 현실적인 요건 때문에 취업실적이 뻔히 보입니다. 고령자 구직자의 경우

요양보호사로 취업하기에는 연령대가 너무 많고, 체력적인 부담도 큽니다. 그저 자격증만 취득하신다면야 그나마 다행이지만, 취업을 하고자 한다면 현실적이 제약이 분명 많습니다.

신입 때에는 비슷한 케이스의 구직자가 생기면 며칠을 혼자 속으로 앓았습니다. 자격증을 취득하면 무조건 취업으로 연결된다고 생각하고 계신다면 어떻게 해야 할까 고민을 했습니다. 날 것 그대로 현실을 알려드려야 할지 완곡하게 에둘러 말씀드려야 하는지 귀여운 고민을 했던 기억이 납니다.

직업이라는 것이 노동시장의 현실적인 요건과 맞물려 있기 때문에 상담할 때 현실적으로 직면하게 하는 것이 매우 중요합니다. 나이, 학력, 자격증 등. 또한 현실적인 조건을 명시적으로 안내해야 합니다. 그런데 그때는 기관의 목적인 취업률을 위해 현실적으로 쳐내야 하는지, 아니면 구직자의 욕구에 따라갈 것인지, 따라간다면 어떻게 안내할 것인지 참으로 많은 고민을 했습니다.

일자리를 구하는 구직자 모두 원하는 대로 '잘' 되면 좋겠지만. 그 '잘'이 과연 어느 만큼 제가 정보를 제공하고, 역할을 취해야 할지 고민스러웠습니다. 그 답을 찾지 못해 고민을 하고, 선배들에게 도움을 요청하기도 하고, 그래도 답이 내려지지 않아 몇 날 밤을 앓은 적도 있습니다. 지금에야 구직자의 요구 수준에 따라 교육을 희망하시면 교육을, 자격증 취득 이후 취업을 희망하시면 방법을 알려드리고, 정보를 함께 찾아보면서 가급적 스스로 노동시장을 익힐 수 있도록 안내해드립니다.

많은 초기 상담사들의 흔한 성장통 중 하나가 '상담사가 모든 것을 다 해결해주려는 것'입니다. 책을 편집하기 위해 상담 경력이 1년을 막 넘어서던 때 썼던 글을 다시 읽었습니다. 그 글에도 '내가 어떻게 해줄 수 있을까.'에 대한 고민이 구절구절 적혀있더군요.

비슷한 문제로 혼자 속앓이를 하고, 고민하고 계시는 모든 신입 선생님들. 우리가 구직자에게 모든 것을 해결해주지 않아도 되어요! 우리는 구직자 스스로 자신의 방향성으로 나아갈 수 있도록 우리가 할 수 있는 최선만 다하면 그것으로도 충분합니다.

더 이상 실적에
연연하지 않겠다!

⋮

퇴근하며 '더 이상 실적에 연연하지 않겠다.'는 다짐을, 생각을 했습니다. 그 말이 '열심히 하지 않겠다. 대충하겠다.'는 의미는 아닙니다. 성향상 그 말에 연연하지 않는다 하더라도 열과 성을 다할 것을 스스로 잘 압니다. 그렇기에 더욱 연연하지 않겠다고 다짐 아닌 다짐을 하는 것이지요.

한때, 실적에 대한 언급이 마치 제게는 '실적이 나오지 않는 것은 열심히 하지 않는 것이에요. 근무를 태만하게 하고 있는 것이니 자신을 반성하세요.'라는 질책으로 들릴 때가 있었습니다. 한때라고 하지만 글을 쓰는 지금도 완전히 벗어나지 못했습니다.

회사를 운영하는 재원(財源)이 국가의 국고보조금이고, 그것을 지급하는 상위기관에서는 투자 대비 성과를 내어야 하고, 평가의 기준이 과정보다는 정량적인 수치이기 때문에 어쩌면 당연한 것입니다. 기관의 입장에서는 실적이 나오지 않음이 근무의 열정의 양, 직무 태만으로 비추어질 수 있습니다.

그러한 구조를 이해하지만 그 말을 들으면 성실하게 일하지 않음을 지적하는 질책으로 들렸습니다. 특히 실적이 나오지 않았던 주의 회의자리에서는 마치 저를 콕 찍어 지적하시는 듯했습니다. 열과 성을 다해, 사력을 다해 구직자의 취업을 위해 노력하고 있음에도 취업이라는 것이 저의 의지로 되지 않을 때가 많습니다. 그 말이 억울하여, 화가 났습니다. 하고 있는 일에 회의가 느껴졌습니다.

그러다 문득 실적에 대한 언급이, 어쩌면 선배 선생님의 말처럼 '그 위치의 구실이자, 구색이 아닐까?' 하는 생각이 들었습니다. 사실 회의에서의 실적 이야기는 저만을 타깃한 것도 아니었고, 모두에게 '좀 더 분발해서 성과를 내보자.'는 독려였을지 모릅니다. '충분히 잘하고 있겠지만, 조금 더 기관이 원하는 목표를 이루기 위해 힘을 내어보자.'는 격려였을지도 모릅니다.

'실적에 연연하지 않겠다.'는 일종의 다짐을 하는 것은 그저 저의 방향성과 진정성을 믿기로 했습니다. '실적이 적다.'

는 것이 '열심히 하지 않았다.'는 것을 의미하는 것이 아니며, 제 가치를 질책하는 말도 아닐 것입니다. 나 자신의 전문성을 믿고, 방향에 대한 확신으로 지금처럼 묵묵히 밀고 나가면 되는 일입니다. 결국 구직자와 저 사이의 연결을 믿으며, 진정성 있게 관계를 유지하는 것! 그리고 그 관계의 힘으로 상대의 의지를 이끌어내는 것! 그것이면 자연스레 성과는 따라오리라 믿습니다. 그로써 실적에 더 이상 연연하지 않기로 했습니다.

모든 역할을
다 하고 있었구나

⋮

　이 업을 시작하고, 직업상담사의 역할이 항시 딜레마였습니다. 글을 쓰는 지금도 매 순간 딜레마는 여전합니다. 어느 날은 '직업'상담을 하고 있고, 또 어느 날은 '심리'상담을 하는 것도 같고, 어떤 날은 구직자를 보다 긍정적인 방향으로 이끌기 위한 '코치'의 역할을 하는 것도 같습니다. 또 어떤 날은 '사회복지사'로 역할을 하고 있는 것도 같았습니다. 그리고 어떤 날은 수당을 지급하고, 행정업무를 그저 처리하는 '행정사무원' 혹은 '수당지급원' 같기도 합니다. 그래서 저의 역할이 무엇인지, 제 직업이 무엇인지 혼란스러울 때가 많습니다.

　어느 날 문득 '그 역할을 모두 다 하고 있다.'는 생각이 들었습니다. 저의 상담을 객관화하여 살펴보면 그러했습니다. 구직활동으로 무기력증에 빠진 구직자의 마음을 살피고, 그것에 머

물지 않게 긍정적인 방향으로 이끌기도 하고, 때때로 안타까운 마음에 화를 내기도 합니다. 코칭과 상담 그 어딘가. 직업상담사와 심리상담사 경계 어딘가. 그리고 수당지급원과 상담사 사이. 굉장히 다양한 역할을 하고 있었구나 싶었습니다.

　많은 직업상담사 선생님들께서 당장의 현장에서 겪는 딜레마와 혼란입니다. 제게 그 역할갈등이 참으로 힘든 시간이었습니다. 그것이 때때로 저를 소진하게 하기도 합니다. 이 일을 3년쯤 해보니 이 직업 자체가 가진 근본적이고 근원적인 특성이라는 생각이 듭니다. 그 혼란을 받아들이고, 자신만의 방향성을 설정하는 것이 중요하다고 생각합니다. 오늘도 직업상담과 심리상담, 코칭, 행정사무원, 수당지급원 등 많은 역할을 하고 계신 선생님들. 모두 참 대단한 일을 하고 계십니다. 오늘은 자신을 위안할 수 있는 행복한 것을 하며, 많은 역할을 하고 있는 자신을 다독여보는 것은 어떨까요?

언젠가 "그렇군요." 하는 상담사가 되겠지?

:

30대인 저는 솔직히 고백하자면 중장년층 구직자, 특히 50~60대 베이비붐 세대의 중장년 구직자와의 상담이 버겁고 때때로 어찌해야 할 바를 모르겠습니다. 그중에서도 남자 구직자는 에너지가 세니 겁이 왈칵 날 때도 있습니다. 사정이 이러니 버겁고 무서운 마음에 방어적인 태도를 취하고, 종종 힘겨루기를 하기도 합니다.

1단계 3회라는 고정된 시스템에서 100명의 관리자를 하루에 1시간 단위로 5~6개 이상의 상담을 해내고, 업무시간 내 서류 작성을 비롯한 행정처리를 끝내야 하는 현실적인 입장에서 중장년 구직자가 무한정 늘어놓는 자서전 같은 인생의 이야기가 달갑지 않습니다. 구직자를 이해하기 위해서는 꼭 필요한 과정이지만 그 이야기를 온전히 듣기가 쉽지 않습니다. '어떻게 해야 할까?' '어디까지 들어야 할까?' 하는 마음과 솔직하게 말하면 공감이 잘 되지 않습니다. 그래서 어느 정도 이야기를 듣다, '심리상담'이 아닌 '취업상담'이라는 명목으로 적당히 이야기를 조절하여 이야기의 방향을 바꾸기도 합니다.

이러한 중장년 참여자와의 힘겨루기를 상담 모임에서 털어놓으니 모임의 리더인 심리상담 선생님께서 본인의 이야기를 들려주셨습니다. '어떻게 그렇게 기 싸움하지 않으시고, 에너지를 내 것으로 가져오시냐?'는 저의 질문에

"나도 20대에는 소위 진상 내담자가 오거나, 에너지가 세고 거친 내담자가 오면, 수도 없이 울었어요. 그 시간이 쌓여서 30대가 된, 이제 내성이 좀 생겨서, 내담자들과 바락바락 기를 쓰고 싸웠고요. 그리고 40대를 지나니 그때부터는 온전히 '아~ 그렇군요.' 하고 좀 편안하게 받아들여지더라구요. 아마 다 그런 시간이 쌓인 게 아닐까요?"

하며 웃으셨습니다. 제가 지금 30대이니, 선생님의 이야기처럼 '바락바락 기를 쓰고 싸우는 시기'인가 싶어 멋쩍어졌습니다. 저도 언젠가 구직자들의 자서전 같은 일장 인생사가 편안하게 받아들여지는 그런 시간들이 오겠지요? 아마 예상컨대 시간이 쌓이고, 상담이 쌓이면 저도 구직자도 서로의 소통이 편안하게 흐르는 시간이 오겠지요. 첫 상담에서 어떻게 입

을 떼지 고민하던 신입이 병아리 시절과 비교할 때에는 분명 오늘의 상담이 나아졌으니 말입니다. 50대 선생님들의 연륜과 온화하지만 묵직한 내공을 배우고 싶습니다. 언젠간 제게도 그런 시간이 오겠지요?

구직자가
구직의지가 없어!

⋮

옆 선생님께서 컴퓨터를 보더니 갑자기 씩씩대며 제게 왔습니다. 무슨 일인가 가만히 들어보니 구직자가 구직촉진수당을 받기 위해, 상담하며 세운 방향과 무관한 직무, 지역으로 무작위 지원을 했다는 것입니다. 속상해하시는 선생님께 제가 한마디 거들었습니다.

"그게 이 일을 하면서 가장 먼저 맞는 현타이지요!"

취업을 위한 국가의 일련의 프로그램에 참여하는 구직자들의 구직의지가 그리 높지 않습니다. 이 일을 하면서 가장 이해할 수 없던 부분입니다. 저는 대학 졸업 후 3년간 임용고시를 준비했고, 세상이 내 마음과 같지 않다는 것을 안 뒤, 사회에 나와서 일자리를 구할 때도 매 순간이 악착같았고, 간절한 순간이었습니다. 이·전직을 할 때도 잠깐의 일 공백을 불안해 견디기가 쉽지 않았습니다. 그러한 삶을 살던 제가 구직자들이 구직의지가 없다는 데에 적잖이 충격을 받았습니다. 여성새로일하기센터에 일을 할 때에는 부가 노동자로서 주 노동자인 배우자의 소득으로 경제생활을 하는 기혼여성들이 주 대상이라 그런 것으로 여겼더니 연령과 성비를 떠나 남녀노소 구직의지가 분명한 구직자가 많지 않습니다. 다들 각자의 사정이 있겠지만 대체로 구직의지가 그닥입니다.

자신들이 취할 수 있는 이익, 이를테면 수당만을 영리하게 챙기고, 그 지원이 없어지면 연락을 두절하는 구직자들도 많습니다. 기업에 구인조건을 어렵게 조정하여 면접 기회를 만들었는데 구직자가 이러저러한 이유를 대면서 면접에 응시하지 않는 구직자도 있고, 당장이라도 생계가 급하다며 일자리를 내놓으라고 떼를 쓸 때는 언제고, 구인처를 안내하면 요것조것 구인조건을 따지기 시작하며 까다롭게 구는 구직자도 있습니다.

상담을 몇 해 거듭하다 보니 초기상담에서부터 대략적으로 감이 옵니다. 구직의지가 있고, 역량도 뛰어나 '빠른 취업이 되겠다.' 생각한 구직자는 역시나 어떻게든 자신이 악착같이 노력하며 3개월(+-1개월)이면 스스로 취업을 하여 마감합니다. 상담사 입장에서는 예쁘고 우수한 구직자들이지요. 그런데 일자리가 너무 없다고 당장이라도 빨리 취업을 해야 한다고 말하던 구직자는 의외로 프로그램의 기간이 만료되어 미취업자가 되어 끝까지 남습니다. 아이러니하지요?

본인들의 취업을 위해 일련의 프로그램을 진행하고자 왔으면서 구직의지가 전혀 없다니요? 게다가 실업률이 날로 높아진다고 하지만 아예 구직활동을 포기하고 부모님의 지원 아래 6개월, 1년씩 구직활동을 위한 행동을 아무것도 하지 않고 시간만 보내는 구직자도 허다합니다. 처음에는 도통 이해가 되지 않았습니다. 열 번쯤 양보하여 이해하려 해도 도통 받아들일 수가 없어 저도 선생님처럼 씩씩대고 화를 내었습니다.

이제는 더 이상 그러한 구직자에 에너지를 쏟지 않습니다. 구직자 스스로 그런 형식적인 상담만을 원한다면 크게 에너지를 쓰지 않기로 한 것입니다. 다만 저의 역할을 할 뿐. 관리 인원이 수십 명인데 그중에서 구직의지가 있고, 열심히 참여하고자 하는 구직자에게 더 많은 에너지를 쏟고자 합니다. 이제는 '취업이 급하다.'는 구직자의 조급한 말도 잘 믿지 않습니다. 저의 역할에 최선을 다하되 에너지를 조절하기로 했습니다.

번외로 옆 선생님께서 두 번째 현타는 무엇이냐고 물었습니다. 그것은 실적과 관련하여 기관에서 요구하는 방향성과

자신의 직업적 윤리의식과 관련된 것이지요.[17]

---

17   다음 장에서 다루게 됩니다.

민간위탁기관의
실적이 중요한 이유

– 여성새로일하기센터와 국민취업지원제도 민간위탁기관의 운영구조

⋮

직업상담사에 대한 글을 찾아보면 '실적'에 대한 이야기가 끊이지 않습니다. 글을 쓰는 저도 그 실적의 압박에서 자유롭지 못합니다. 기관이 요구하는 실적과 직업적 가치관이 충돌하여 딜레마를 겪기도 합니다. 민감한 사안이라 조심스럽지만 각 기관이 추구하는 방향성에 대해 이해가 필요합니다.

여성새로일하기센터(이하 새일센터)와 국민취업지원제도 민간위탁기관의 운영구조와 방향성이 완전히 다릅니다. 새일센터의 경우 매 연말이면 각 기관에서 내년 사업 승인을 위한 사업계획서를 작성합니다. 새일센터 전반적인 큰 틀 내에서 각 기관의 운영 여건과 특색에 따라 직업교육훈련 개수, 여성인턴사업 운영 방식 등 연간 예산 금액과 목표 취업률을 포함한 사업계획서를 상위기관에 제출합니다. 새일센터를 관리하는 중앙새일센터와 여성가족부에서 그 사업계획서를 검토하여, 사업이 승인됩니다. 이것을 소위 '사업 따온다.'고 합니다.

사업이 승인되면 다음 해 연초 1~2월 중으로 각 새일센터에 연간 전체 예산이 배정됩니다. 상담사의 인건비를 포함, 적게는 몇억 원 단위에서 많게는 몇십억 원 단위까지 예산이 배정됩니다. 사업계획서를 바탕으로 예산 범위 내에서 각 새일센터에서는 연간 사업을 진행합니다. 국고보조금이 먼저 지급되고, 연간 사업을 운용하며, 지출을 증빙하는 시스템입니다. 때문에 전체 사업을 운용하며 전액 소진을 목표로 합니다. 그 예산의 지출을 증빙하기 위해 각종 품의서, 결의서, 운영계획서, 결과보고서, 기타 등등의 각종 증빙 서류와 행정작업들이 따라붙습니다. 국고를 사용했으니, 정량적인 결과로서 실적이 중요하겠지요.

국민취업지원제도 민간위탁기관의 실적의 무게감은 새일센터와 비교할 때 완전히 다릅니다. 먼저 민간위탁기관과 고용센터와의 관계에 이해가 필요합니다. 고용노동부에서 국민취업지원제도라는 취업지원프로그램을 만들었습니다. 그런데 각 지역의 고용센터에서 그 구직자를 모두 상대하기가 양적으로, 인적으로 한계가 있습니다. 때문에 전국 각지 'ㅇㅇ커리어', 'ㅇㅇ잡'과 같은 민간위탁기관에 사업을 위탁합니다.

사업 승인을 위해 연말 민간위탁기관 입찰 프레젠테이션을 진행합니다. 기관의 연간 사업실적, 성과, 앞으로의 계획 등을 포함한 프레젠테이션 후 전문위원의 질의에 답합니다. 이때 사업기관으로 선정되지 못하면 그해 사업을 진행하지 못합니다. 작년도 동일 사업을 진행한 기관의 평가등급에 따라 프레젠테이션이 면제되기도 합니다. 전국 위탁기관을 연간 실적에 따라 순위에 따라 A~D까지 등급 상대평가합니다. 이때, 전년도 A, B등급 기관의 경우 프레젠테이션이 면제되어, 자동적으로 내년 사업에 재위탁됩니다. C, D 등급의 경우 내년도 사업을 진행하려면 프레젠테이션에 참여해야 합니다.

입찰 프레젠테이션에서 위탁받지 못하면 그 위탁기관은 그해 사업이 통째로 날아가는 것입니다. 국민취업지원제도를 비롯해 다른 사업도 위탁받았다면 피해가 비교적 덜하겠지만, 국민취업지원제도 하나만 진행하는 기관이라면 기관 운영에 큰 타격을 입습니다. 기존 관리 인원이 있으니, 당장 몇 개월은 운영되겠지만, 관리 인원이 줄어들면 기관에서는 상담사 인원부터 줄이겠지요. 결국에는 회사가 금전적으로 타격을 입고, 자칫 회사가 폐업을 해야 할 수 있습니다. 때문에 실적이 중요할 수밖에 없습니다.

민간위탁기관의 운영구조 때문에 실적이 매우 중요합니다. 민간위탁기관의 경우, 양적 실적에 따라 국고가 후지급되는 구조입니다. 민간위탁기관에 구직자가 배정되어, 일련의 단계에 도달하면, 그때 구직자 한 명당 얼마의 기본금이 위탁기관에 지급됩니다. 또, 구직자가 취업하면 취업한 방법과 상담사와의 대면상담 횟수, 취업 후 이직 없이 일정 기간 이상 근무하는 조건을 모두 충족되면 인센티브가 지급되는 구조입니다. 결국 위탁기관에 배정되는 구직자의 인원수와 취업실적에 따라 인센티브가 지급되고, 위탁기관에서는 인센티브로 위탁기관의 상담사 인건비 등의 고정 지출을 충당합니다. 때문에 새일센터처럼 지출 증빙에 대한 문서의 부담은 적지만 기본적으로 '실적'에 대한 압박감이 상당할 수밖에 없습니다.

국취 민간위탁기관은 공공사업을 운영하지만, 회사의 사적인 이익을 좇는 모순적인 딜레마에 빠집니다. 사업을 담당하는 직접적 주체인 상담사로서는 더욱 딜레마와 혼란을 경험할 수밖에 없습니다. 상담이라는 것 자체가 인적자원을 관리하는 것인데 자꾸만 수익성을 추구하는 압박을 받으니 혼란이 올 수밖에요.

회사의 방향성과 상담사의 가치관 사이에서 어떻게 하면 건강하게 상생할 수 있을까요?

직업상담사가 업무 중
가장 많이 듣는 말

⋮

    직업상담사가 하루 동안 가장 많이 듣게 되는 이야기는 어떤 것일까요? 특히나 국민취업지원제도와 같이 수당과 관련된 관련된 제도의 직업상담사가 하루 동안 가장 많이 듣고 말하게 되는 주제는 어떤 것일까요? 저도 처음에는 직업을 상담하는 상담사이니 아마도 '어떻게 하면 취업을 할 수 있는지.'와 같은 취업과 관련된 질문이라고 생각했습니다. 그런데 생각과 달리, 좀 날 것 그대로 표현하면 '돈 언제 주냐?'입니다.

"수당 언제 들어와요?"
"수당 나는 왜 안 들어와요?"
"학원에 다른 언니들은 수당 다 들어왔는데, 나는 언제 줘요?"
"수당 주는 ○○제도가 있다는데, 어떻게 하면 받을 수
있어요?"

"○○제도, 같은 수업 듣는 언니들은 된다는데
나는 왜 안돼요?"
"○○제도로 돈 받으려면 나는 어떻게 해야 하나요?"

금전적인 수단과 직결되는 민감한 부분이다 보니 이 '수당' 때문에 각종 돌발상황과 민원이 발생합니다. 그토록 호의적으로 상담에 참여하던 구직자도 수당과 관련하여 무언가 자신이 생각한 바와 다르게 흘러간다 싶으면 하루아침에 고용센터에 민원을 제기합니다. 일련의 행정절차 때문에 수당신청서를 쓴다고 오늘 당장 수당이 지급되는 것도 아닌데 수당과 관련해서 꼭 불편한 말을 전해야 할 때가 있습니다.

구직자와 상담을 하고, 적절한 일자리를 찾아 정보를 제공하는 것도 하루가 빠듯한데 하루에도 몇 번씩 '돈은 언제 주냐'는 질문으로 시간을 허비합니다. 수당신청서를 받을 때 분명 기관에서 직접 지급하는 시스템이 아닌 고용센터에 요청하여, 승인이 떨어지면 고용센터에서 지급하는 시스템이라고 여러 차례 안내를 했는데도 말입니다.

한참 상담하고 있는데 이런 전화를 받으면 흐름이 뚝 끊어집니다. 그런데 자꾸만 껄끄럽게 '돈'에 대한 이야기를 물어보면, 짜증이 날 수밖에 없습니다. 그러면 또 앵무새처럼 같은 말을 반복하고 서둘러 전화를 끊습니다. 그러면 흐름이 끊어진 구직자와 분위기가 순간 서먹해집니다. 힘이 빠지지만 다시 분위기를 추슬러 상담을 이어가야 합니다.

구직자의 취업이나 진로의 방향성 설정이라는 긍정적인 목표를 추구하는 일을 할 줄 알고 있었는데, 이 수당 때문에 민원이 발생하고, 간혹 신문고에 이름이 오르내리는 일이 생깁니다.

점점 수당지급원이
되어간다

⋮

　점점 수당행정원? 수당지급원?이 되어갑니다. 사실대로 말하자면 그런 일을 한 지 좀 되었습니다. 어느새 타성에 젖어, 점점 얼굴에 웃음을 잃었습니다. 더 이상의 자기계발도 잠깐 멈추었습니다. 지금의 시스템에서 자기계발에 에너지를 쏟을 여유가 없습니다. 어느새 수당지급원이 되어 상담이 아닌 행정 일을 하고 있습니다. 한 사람 한 사람 자기탐색을 도와 자기이해를 하게 한 뒤, 스스로 방향성을 설정할 수 있도록 하고 싶지만 어느새 취업알선원을 넘어 수당지급원이 된 지 오래되었습니다.

　직업선호도 검사를 할 때 검사지에 하는 낙서까지 똑같은 걸 발견했을 때, 해야 하니 하는 알선이라든가, 사후 알선이 무덤덤해진다거나, 사람들이 지긋지긋해진다거나, 점점 냉소가 기본 얼굴이 되어간다든지, 수당만을 바라고 온 이들에 '네 네' 하며 아무렇지 않게 대한다든지, 사람들을 혐오하게 된다든지. 떠도는 소문에 수당만 받게 해주는 상담사가 좋은 상담 사라는 커뮤니티 의견들을 접했습니다. 위탁기관에 근무하는 상담사들을 '위탁X'라 불린다는 평가도 들었습니다.

며칠 전 지난 기관에서 근무했던 동료이자 선배 선생님을 만났습니다. 최근 민간위탁기관으로 이직하신 선생님께서 '그 래도 직업상담사로서 신념을 지켜야 하는데, 위탁기관이라는 위치가 내 신념을 부딪치게 하는 순간이 오면 나는 어떻게 할 까 고민하게 한다.'는 이야기를 하셨습니다. 선생님보다 조금 먼저 그 고민을 마주한 저는, 상담사이고 싶고, 구직자의 긍정 적인 변화를 위해 상담을 하고 싶던 저는, 어느새 수당지급원 이 되어갑니다.

이런 고민을 하는 제게 선배 선생님께서는

"쉽게 쉽게 '네네' 하면서 할 수 있는 일이지만, 그래도 그 사람이 조금이라도 긍정적으로 변화했으면 하는 마음에 듣기 싫은 소리를 아직은 한다. 그걸 하려고 그 자리에 앉아있는 것 이고, 그것을 안 하려면 그때는 이 업을 그만두어야지."

하셨습니다.

생각하는 것보다
날카로운 긴장감이 필요한 직업

:

"선생님의 직업이 선생님이 생각하는 것보다 날카로운 긴장감이 필요한 직업이에요."

사건의 발단은 지역에 태풍이 관통하여 피해를 입은 날이었습니다. 출근했더니 인터넷이 끊어져 업무가 마비되고, 예약된 상담을 취소하고 업무 복구로 정신이 없었습니다. 그 와중에 아침부터 전화가 울렸습니다. '도로가 통제돼서 학원에 못 가고 있다.'는 구직자의 전화였습니다. 학원에 꼭 전화하여, 천재지변이라는 것을 말하고 출결을 확인할 수 있도록 안내했습니다.

정오를 지날 무렵, 인터넷이 복구되어 이제야 한숨을 돌리는가 했더니 오전에 전화 왔던 구직자의 '관계자'라고 하며 전화가 왔습니다. 순간 '남편이면 남편이고, 아버지나 오빠도 아니고 관계자는 무얼까?' 싶은 것이 '관계자'라는 단어가 몹시 불편했습니다. 제 구직지도 한번 통화하려면, 몇 번을 심호흡을 하며, 마음을 다잡아야 하는 편치 않은 존재였습니다. 그런 참여자가 한마디 못 하고 '관계자'라 하는 이가 중간에서 '나한테 이야기하면 된다.'고 하는 것이, 보지 않아도 어떤 사람인지 느껴졌습니다.

대뜸 '오전에 우리 ○○이와 통화한 걸로 아는데.' 하며 지침을 들먹이며, 본인이 필요한 내용을 안내해주지 않았다고 화를 내었습니다. 훈련기관과 취업프로그램의 지침이 각기 다름을 안내하고, 상위기관에 확인해보기로 했습니다.

상위기관인 주무관님께 전화를 걸어, 관련 내용을 확인하고, 지침대로 하되, 변경사항이 발생하니, 변경사항을 꼭 안내하라는 응답을 들었습니다. 관련 내용을 안내하기 위해 전화를 걸었으나 부재중이라 메시지를 남기니, 그 관계자에게 전화가 왔습니다. 자꾸만 본인 방식대로 해석하는 통에 내용을 정정하며, 몇 차례 실랑이가 오가 통화가 길어졌고, 어느새 20분을 훌쩍 넘어섰습니다. 긴 통화 내내 위압적이고, 무례하고, 폭력적인 태도에 서둘러 빨리 끊고 싶었습니다.

명확하게 안내가 필요하여, 설명해도 들으려 하지 않고 '그

자리에 왜 앉아있냐? 아무것도 모르면서, 도통 말이 안 통하니 고용센터와 통화하겠다.'며 거의 30분 만에 통화를 종료했습니다. 전화를 끊으니 심장이 벌렁거리고, 손이 덜덜 떨렸습니다.

무슨 일이냐고 걱정하시는 옆 선생님들께 '욕을 했다.'는 말이 튀어나올 만큼 겁을 집어먹었습니다. 그렇게 겁에 질린 그대로 감정을 채 정리하지 못한 채, 밀린 일을 처리하고 있었습니다. 고용센터 주무관님께서 관련 내용으로 전화가 왔고, 그제야 울먹이던 마음에 눈물이 터졌습니다. 참여자가 중단 희망했으니, 처리하라고 안내받아 그렇게 마무리가 되는 줄 알았습니다. 힘겨운 하루를 겨우 견디고, 다음 날이 되어 행정처리를 하면서도 두려운 감정이 올라와 힘들었으나 '이제는 끝'이라는 생각으로 마음을 다독였습니다. 그렇게 일단락되는 줄만 알았습니다.

며칠 뒤 상담일지를 입력하고 있는데, 얼굴 모르는 남녀가 불쑥 제 앞에 앉았습니다. 예약으로 이루어지는 시스템에 당장 상담이 없어, '이 시간에 나 상담 없는데 누구지?' 싶다가, 지나는 길에 제도가 궁금해 방문한 분인가 생각했습니다.

자세히 보니 두 당사자였습니다. 중단처리하고 모든 행정절차가 고용센터로 모두 넘어간 와중에 무슨 일인가 싶었습니다. 이야기를 들어보니 프로그램을 지속하고 싶다고 합니다. 순간 어리둥절하고, 그날의 마음이 되살아나는 듯해, 다시 패닉에 빠졌습니다. 어느새 또 위압적인 태도로 내려다보며 말을 했습니다. 사무실은 쥐 죽은 듯 조용했고, 저는 또 얼어붙었고 두려운 마음에 제발 누군가 나서서 제 편이 되어 도와주시기를 내심 바랐습니다. 아무도 좀처럼 나서주지 않았고, 어쩔 수 없이 그냥 '예예' 하며, 그 시간을 빨리 끝내고 싶었습니다. 도저히 이 실랑이가 끝나지 않을 것 같아, 옆 선생님께 질문하여 흐름을 끊었습니다. 그제야 선생님께서 오셔서, '고용센터 질의해 알려주겠다.' 하여 일단락 지었습니다. 그들이 가고 긴장이 풀리자 온몸이 아팠습니다. 절로 '도저히 못 맡겠다.'는 소리가 나왔습니다.

다음 날, 다른 상담을 하려니, 자꾸만 그 사건이 떠나지 않았습니다. 상담과 상담 간 분리해야 함에도 상담 자체가 두려워졌습니다. 며칠째 마음이 진정되지 않아 심리상담사 선생님께 조언을 구했습니다. 선생님께서는 내 이야기를 가만히 들으시더니, 한 번도 생각지 못한 이야기를 해주셨습니다.

"선생님. 선생님의 일이 선생님이 생각하는 것보다, 훨씬 더 날카로운 긴장감이 필요한 직업이에요. 생계와 직결되어있으니, 참여자들이 얼마나 날카롭고 긴장되어있겠어요? 오늘 벌어진 일이 선생님 능력이나 실력이 모자라서가 아니에요.

누구든 벌어질 수 있는 일이에요. 다만 항상 긴장과 위험이 도사리고 있는 일이에요."

전화를 끊고, 곰곰이 이 일에 대해 다시 생각해보았습니다. '다른 사람을 도와주는 것이 좋아서'의 동화 같은 아름다운 이야기가 아닌 '날카로운 현실이구나.' 하는 생각이 들었습니다. 갑자기 신데렐라가 마법에서 깨어나 누더기 옷을 입은 현실로 돌아온 것처럼 헛헛하고, 허탈해졌습니다.

고용복지+센터(이하 고용센터) 실업급여 창구에서 파견상담을 하던 일이 생각났습니다. 하루에도 수십 번 실업급여를 수급하려는 사람들과 창구 직원이 언성을 높여 싸웠습니다. 심지어 일주일에 한 번은 꼭 악성 민원으로 경찰이 와 민원을 일단락하기도 했습니다. 센터에서도 전화로 폭언하거나, 창구에 찾아와 책상을 내리치고, 서류를 공중에 뿌리며 분탕질을 하는 참여자도 여럿 보았습니다.

위의 건은 상위기관에 사유서를 쓰고, 재결재를 올려, 주무관님께 한 소리를 듣고 참여자는 프로그램에 재개했습니다. 저는 강력하게 더 이상 그 구직자는 못 맡겠다 손을 들었고, 옆 선생님께 이관하기로 했습니다. 직접 이 일을 당한 저는 악성 민원이니, 상위기관에서 재개가 거절되기를 바랐습니다. 그럼에도 '참여자 우선주의' 공공서비스 특성상 그저 제가 사유서를 쓰는 것으로 마무리되었습니다.

상담현장에 종사하는 종사자를 보호하는 공적 장치는 아무 것도 없다는 생각에 씁쓸해졌습니다. 이관받은 옆 선생님께서 '참여자가 옆에 와서 상담받아도 괜찮냐.'고 물으셨습니다.

"상담사를 보호할 장치도, 거절할 장치도 없는데, 제가 괜찮지 않다 한들 달라질 것이 있나요?"

하고 씁쓸하게 웃었습니다.

블로그에는
절대 밝힐 수 없는 이야기

:

"선생님은 일에 대한 열정과 애정이 넘치시네요."
"선생님 덕에 힘이 나요!"
"선생님 일에 대한 열의가 넘쳐 보여요."

　블로그에 직업상담사 업무 이야기를 글로 쓰다 보니, 어느
새 이웃 신청이 늘고, 종종 댓글로 공감도 응원도 보내주십니
다. 그런데 블로그에는 절대로 밝히지 못할 이야기가 있습니
다. 사람을 상대하는 상담사임에도 불구하고, 일과 사람에 대
해 환멸과 혐오를 느낄 때가 있습니다. 글을 다듬으면서도 이
꼭지를 넣어야 할까 빼야 할까 많은 고민을 했습니다. 그럼에
도 이 꼭지를 넣는 이유는 이 업을 하면 몇 번씩 마주하게 되
는 감정들이라 비슷한 시간을 지나고 계신 모든 분께 혹여나
힘이 될 수 있다면 하고 바라는 마음입니다.

한 시간 반 두서없이 쏟아내는 본인의 이야기 듣고, '할 수 있다. 잘해보자!' 이야기했는데, 그날 저녁 취소하고 싶다는 구직자. 방향성을 이야기하며, '생산직과 공기업이 구직 준비는 다르다.' 아주 짧은 찰나 이야기했던 '공장 생산직' 단어에 꽂혀 자신에게 공장을 가라고 했다며 상담을 중단한다는 구직자. 중단 희망한다며 본인이 작성했던 서류를 모두 집으로 보내라는 구직자. 어떻게든 조금의 수당을 받기 위해 터무니없이 건강보험료가 높으면서도 취약계층 유형(차상위계층, 기초생활수급자, 북한이탈민주민, 결혼이민자 등)으로 바꾸려는 구직자. 몇 차례 수당 지급기한을 이야기해도 '빨리 수당 내놔라.' '지급이 늦다.' '언제 수당 들어오냐?' 민원 넣는 구직자. 자기가 원하는 대로 해주지 않는다고 '일에 대해 의지가 없다.'라고 만족도 조사에 응답한 구직자. 연락두절 구직자. 자기 필요에 의해 본인이 프로그램에 신청해놓고 귀찮게 한다고 민원을 넣는 구직자. 어떻게든 돈 몇 푼 공짜로 더 받으려는 구직자. 처음 앉을 때부터 '너네 공무원이냐?' 하고 앉는 구직자. 자기 일에 대해 아무런 준비도 생각도 없으면서 맹하니 오는 구직자. 마음이 아픈 사람들. 내가 할 수 있는 일 내놓으라는 구직자. 국가 지원금으로 교육을 받으면서 너무도 당연시 여기는 구직자.

구직자가 상담사에게 폭언해도 보호책 없는 일. 실적 싸움. 이정표와 안내자가 없이 혼자 몸으로 체득하는 시행착오. 보호장치도 완충장치도 없는 근본적인 시스템. 살인적인 업무 강도. 성과없는 에너지 소비. 정체성 혼란. 역할갈등. 멘토의 부재. 참여자 우선주의 공공서비스. 부당한 대우. 아무도 알아주지 않는 일. 취업은 본인의 것임에도 상담사만 애타는 시스템.

솔직한 심정으로는 국가 지원받으며 프로그램에 참여하고, 교육 듣는 것은 (많은 비약이 있겠지만) 저와 같은 근로자들이 부담하는 세금입니다. 근로소득자들이 쥐어보기도 전에 꼬박꼬박 납부하는 노력의 대가입니다. 여러분과 싸워가며, 마음 다쳐가며, 악착같이 상담하고 지불하는 세금으로 운영되는 프로그램입니다. 본인들은 벌이가 없어, 세금도 내지 않으면서 너무도 당연하게 모든 일을 제게 화살을 쏩니다.

구직자의 한 명 한 명 이야기에 집중해야 함에도, 한두 명 담당해야 할 구직자 수가 늘 때마다 자꾸만 버겁습니다. 일을 할수록 마음에 환멸과 인간 혐오, 분노가 생깁니다. 두렵습니다. 상담사라면 '따뜻해야 한다.' 하고 마음을 다잡으려 해도, 자꾸 화가 치밀어 날카롭고 방어적으로 구직자를 대합니다.

이런 마음이 들어도 되는지, 이런 고민을 해도 좋은지 털어놓을 멘토가 없어 더 버겁습니다. 직업상담사 일이 그렇습니다. 자꾸만 이런 저에게 화가 나고, 화가 난 저를 자책합니다. 이러한 마음을 터놓을 곳이 없으니 '상담자니 환멸스러운 마음을 거둬야 한다.' '저들의 입장에서 공감해야 한다.' 하고 마음을 다그칠 수밖에요. 혹여나 저의 탓이 아닐까 싶어 개인 심리상담도 받아보고, 코칭이며 여기저기 기웃대며 방법을 찾으려고 애씁니다.

아침이 오는 것이 두렵습니다.
제발 내일이 오지 않았으면 하고 밤마다 기도합니다.

5

3년 차 직업상담사

직업상담사는
역전이를 주의해야 해요!

⋮

"선생님 울었어요?"

막 상담을 마친 제게, 동료 선생님이 '어떤 구직자냐' 물으시더니, 대뜸 제게 '울었냐?' 물으십니다. 은행 창구처럼 개방된 공간, 파티션을 두고, 상담하는 근무환경상 의도와 상관없이 다른 선생님의 상담이 귀에 들릴 수밖에 없습니다.

오늘 구직자는 참으로 힘든 구직자였고, 괜히 계속 마음이 쓰였습니다. 전임 선생님께서 남긴 메모를 보니, 거듭된 구직활동과 면접 탈락으로, 무기력증과 우울에 빠져, 프로그램을 중단하고자 했으나, 겨우 달래 중단을 막은 상황이었습니다. 지난 상담일지와 메모에서 감이 왔습니다. 으레 구직활동에서 겪는 불안과 우울이 아니라는 것을요.

깊은 자기 수렁으로 빠진 구직자에게 '직업상담사'로서 할 일은 스스로 다시 취업하고 싶다는 의지를 드러낼 수 있도록 독려하여, 취업하도록 하는 것입니다. 그런데 구직자 스스로 준비되지 않는다면, 직업상담사인 우리가 할 수 있는 일은 많지 않습니다. 구직자가 스스로 의지를 드러낼 때까지 어떠한 행동을 하기가 조심스럽습니다. 우리의 전문 분야가 아닐뿐더러, 게다가 단회성 상담에서는 상담사의 에너지 소모가 너무 많습니다. 프로그램을 참여하는 인원만 100여 명인데, 관리 인원을 모두 그런 식으로 접근하기에는 분명 물리적으로 한계가 있습니다.

그럼에도 오늘의 그 구직자는 뭔가 마음이 계속 쓰였습니다. 상담사가 바뀌고 첫 인사차 통화를 시도했을 때, '타인과 전화통화는 아직 어려우니, 메시지로 연락을 주고받았으면 좋겠다.'는 의사를 나타냈습니다. 자신만의 시간이 필요하다고 생각되어 첫 통화를 끊고, 첫 달에는 그저 두었습니다. 두 번째 달에는 안부만 묻고, 날씨가 따뜻해져 안부를 물으니, '간간이 봄볕 산책을 한다.'고 했습니다. 스스로 무언가 하려고 하는 조금의 변화가 다행이다 싶었습니다. 연락한 지 셋째 달이 되어서야, 산책처럼 가볍게 방문하는 것을 권유했습니다. 몇 번의 약속 변경 끝에 제 앞에 앉았습니다.

사정이 이렇다 보니 심리상담이 아님에도, 오늘의 상담이 심리상담처럼 흘러갔습니다. 구직자의 말을 듣고 있자니, 그 마음이 전해져 마음이 아파오기도 했습니다. 힘든 마음이 마음으로 느껴지니, 상담을 하면서 더 차분해지고, 비슷한 경험을 하던 저의 시간으로 빠지기도 했습니다. 때때로 저의 이야기를 했고, 한 시간의 상담을 끝내고 돌아가며 '생각이 많아지지만, 오늘 참 감사하다.'는 말로 상담을 마무리 지었습니다.

아마 동료 선생님은 이러한 모습을 보고 하시는 말씀이었을 겁니다. 선생님은 제게 **'직업상담사로서 역전이를 주의해야 한다.'**고 말씀하셨습니다. '역전이'는 쉽게 '내담자의 의식, 무의식적 상황과 감정이 상담자에게 향하는 일[18]'을 나타내는 심리학 용어입니다. 아마 공감의 한 방법이라고, '구직자에게 자기감정을 드러내는 것'과, '내 경험을 구직자에게 자신의 감정을 섞어 털어놓는 것.'을 경계하라는 의미로 말씀하신 것일 겁니다.

"선생님을 위해 하는 말이에요. 열심히 하고, 상담도 잘하는데, 모든 구직자를 이렇게 상담하면, 선생님이 다칠까 봐 걱정되어 하는 말이에요. 에너지는 한정적인데, 그러면 에너지 소모가 너무 많잖아요. 게다가 구직자가 선생님 말을 알아들으면 다행인데, 아닌 구직자들이 더 많을 수 있어요."

---

18 네이버 사전

선생님이 무엇을 말씀하시고자 하는지 압니다. 분명 주의할 필요가 있고, 초면인 구직자에게 마음이 쓰인다는 이유로, 나를 많이 드러낸 것도 인정합니다. 그럼에도 제 말의 의미를 알아들을 것이라는 나름의 믿음이 있었습니다. 제 바람처럼 구직자가 저의 의미를 잘 알아들었겠지요? 제 마음이 닿았는지는 두고 봐야겠습니다. 선생님의 이야기를 새겨들어야겠습니다.

직업상담에서 중요한 것은 '역할규정'

⋮

날이 갈수록 느는 짓궂은 구직자의 요구에 지쳐, 직업상담사의 역할에 한참 고민에 빠져, 답답한 마음에 옆 선배 선생님을 붙잡고, 읍소하는 심정으로 감정을 털어놓았습니다.

"선생님! 대체 우리가 어디까지 그리고 어떤 역할을 해야 할지 모르겠어요!!"

상담 경력만 10년 가까이 되는 선생님께서 제 이야기를 가만히 들으시더니, 묵묵히 자신의 이야기를 해주셨습니다.

"저는 상담에서 가장 중요한 것이 역할규정이라고 생각해요. 혹시 제 상담이 구직자에게 무례하게 들리던가요? 혹은 전문성이 없어 보이나요? 나는 '(심리상담사가 아닌) 직업상담사이다. **너의**

결정을 지지하고, 도와주는 것이지, 네가 요구하는 것을 내가 다 할 의무 또한 없으며, 다 해줄 수도 없다.'라고 분명하게 알려줘요.

저는 이것이 상담자인 '나'에게도 적용된다고 생각해요. **상담자인 우리가 모든 것을 다 일러줄 수 없어요. 다 해줄 수도 없어요.** 특히나 우리 직업상담에서는 취업을 위해 우리가 무언가 다 해주어야 할 것 같은데 우리가 모든 것을 다 해줄 수 없어요. 선생님 구직자 책임질 수 있나요? 구직자의 모든 것을 우리가 책임질 수 없어요. 그렇다면, **우리는 할 수 있는 만큼의 최선을 다하는 거죠.** 그리고 나서 우리가 할 수 없는 일이라면 그것은 우리 몫이 아닌 거예요. 내가 할 수 있는 것을 하는 것!! 그리고 **내가 할 수 없는 것에 에너지를 쏟으며, 마음 상해하지 마세요."**

선생님의 이야기를 가만히 듣자니, 스스로 자신을 '역치가 매우 높은 사람'이라 표현하던 이야기가 그제서야 이해가 되어, 고개가 끄덕여졌습니다. '역치'는 국어사전에 따르면 '생물체가 자극에 대한 반응을 일으키는 데 필요한 최소한도의 자극의 세기를 나타내는 수치 또는 에너지'를 일컫는 말이라고 합니다. 선생님께서는 역치를 설명하며, 항상 초등학교 시절, 기절한 개구리에 전기 자극의 세기를 높여 반응을 살피는 실험을 말씀하십니다. 전기의 강도를 조금씩 높여서, 기절한 개구리가 반응할 때까지 자극을 주는 것이지요. 그러니깐 결국 '역치'라는 것은, 특정 자극에 대한 반응을 나타내기까지 정도입니다.

선생님의 상담을 살펴보자면, 어떤 난해한 구직자가 와도, 특별한 감정의 동요 없이, 상담을 받는 이에게 편안함을 느끼게 합니다. 그렇다고 마냥 구직자에 끌려가지 않고, 기 싸움을 하지 않으면서, 상담의 키를 본인이 쥐고, 상담을 이끌어가십니다. 선생님의 상담이 항상 놀라웠고, 또 한편으로는 부럽고, 무엇이든 잘해내고 싶은 욕심이 많은 저는 얄미운 마음까지도 들었습니다.

그러다 오늘의 선생님 이야기를 들으니, 스스로 '역치가 매우 높은 사람'이 되기 위해 얼마나 수많은 역할갈등과 자기 고뇌와 자기 다스림이 있었을까 싶어 괜스레 숙연해졌습니다. 3년 차 저는, 조금 성과 낸다고 어깨 힘주며, '빨리!!' 무언가 이뤄내고 싶었습니다. 구직자를 대할 때도 그들과 기 싸움에서 지고 싶지 않았고, 구직자가 제 마음처럼 되지 않는다고 화를 내었습니다. 어쩌면 스스로 역할에 대한 명확한 푯대가 세워지지 않으니, 혼란스러운 것이고, 그 혼란스러움에 화를 내고 있던 것인지도 모르겠습니다.

구직자의 선택을
존중하고 있는가?

:

참여자의 자율적인 선택을 존중하며, 빠른 시일 내 안정적인 일자리에 취업을 하실 수 있도록 최선의 노력을 다 하겠습니다.

보통 초기상담에서 상담사와 구직자 간 서로 간의 역할과 약속을 규정하는 '내일을 위한 약속'을 작성합니다. 시간 약속, 과제, 비밀유지 등 서로 간 상담하며 지켜야 하는 약속을 저는 초기상담에서 힘주어 강조하는 편입니다. 구직자에게 '꼭 지켜야 한다.'며 구직자와 저, 각각 서명을 하고 일종의 '계약서'라고까지 하며 복사해 각기 원본과 복사본을 나눠 가집니다.

구직자에게는 '꼭 지켜야 한다.'고 몇 번이고 강조하면서, 나는 정작 그 약속을 지키고 있는지 문득 의문이 들었습니다.

후속 준비 없이 무작정 11월 말 퇴사한 지인이, 갑작스레 당장 4월 일반행정 국가공무원을 준비하고 싶다는 고민을 털어놓았습니다. 그 말을 듣는 순간, '무모하다.'는 생각이 가장 먼저 들었습니다. 회사의 경력이 있으니, 차라리 기존 경력 직무로 공기관에 입사하는 것은 어떤가 하고 권유도 해보았습니다. 지인 표현으로는 '경력이 짧다.'고 했지만, 관련 직무 경험이 가장 우선시되는 NCS 채용이 더 유리해 보였습니다. 그야말로 맨땅에 헤딩이자 아무런 연관성 없는 일반행정 공무원 준비보다는 경제적인 측면에서도 나아 보였습니다. 제 앞에 구직자로 앉아도 아마 똑같이 조언을 했을 것입니다. 지나가는 말인 줄만 알았더니 진지하게 고민을 하는가 봅니다. 답답한 마음에 다른 일을 찾아보라고 에둘러 말하기도 했습니다. 하루쯤 위의 일이 영 마음에 걸려, 마음을 쓰다 문득 생각했습니다.

'본인이 원하는 방향이고, 선택이라면 그것을 존중해야
  하는 것 아닐까?'
'스스로 많은 선택지에서 고민에 고민을 거듭한 결정이
  아닐까?'
'내 욕심에(사실 꽤 가까운 지인이라 더 욕심이 들어갔습니다.) 결정에

지지해주지 못하고, 어쩌면 내 가치관으로 판단하고 있었던 것은 아닐까?'

'내가 답을 내려주기보다는 그 결정을 지지해주고, 응원해주면 되는 것은 아닐까?'

상담을 할 때 꽤 자주 구직자에게 현실을 일깨워준다는 명목하 구직자에게 쓴소리를 합니다. 노동시장 현실과 터무니없이 동떨어진 이야기를 한다거나, 자신의 역량에 비해 너무 높은 기준으로, 소위 '눈이 높은 구직자'가 온다거나 하면 현실 직시의 명목으로 쓴소리를 합니다. 직업상담사로서 필요한 많은 역량 중 무엇보다도 '현실 직면'이 매우 중요한 역할이자 역량이라고 생각합니다.

가만히 생각해보니, 그동안 구직자에게 건넸던 쓴소리가 과연 '현실 직면을 위한 쓴소리였을까?' 하는 생각이 들어 머쓱해졌습니다. 분명 그것을 '직면'으로 받아들인 구직자도 있겠지요. 그런데 한편으로는 '회초리'로 받아들인 구직자도 분명 있을 것입니다. 아마 '말이 통하지 않는다.'고 생각했을 수도 있겠지요.

'상담사가 답을 내려주지 않는다.'고 하면서, 또 어느 순간 답을 정해두고 구직자의 고민을 공감해주지 못한 모습을 지인을 상담하는 제게서 발견했습니다. 구직자마다 특성이 다르고, 상담사와 구직자 서로 간 라포와 신뢰의 깊이에 따라 다르게 받아들일 텐데 말입니다.

분명 구직자에게 분명한 '현실 직면'도 필요합니다. 그럼에도 초기상담에서 작성하는 우리의 약속처럼 '참여자의 자율적인 선택'에 맞추어 따라가 보는 것은 어떨까요?

직업상담사는
정답을 내려주지 않는다

:

"선생님이 원하시는 것을 제가 명확히 답을 드릴 수 있다면 얼마나 좋을까요?"

여성인력개발센터를 퇴사하고, 도움이 되고자 직업상담사 카페에 글을 올린 적이 있습니다. 시간이 꽤 지났음에도, 쪽지나 채팅으로 고민을 털어놓는 분이 종종 계십니다. 개개인의 사연은 다르지만, 주요 골자는 이러합니다.

"제가 나이가 ○○대인데, 직업상담사가 비전이 있을까요?"
"○○대인데, 많이 하는 직업은 무엇이죠?"
"직업상담사 자격증을 따긴 했는데, 평생 할 수 있을까요?"
"직업상담사가 저한테 맞을까요?"
"저는 뭘 하면 될까요?"

이러한 질문을 받으면 사실 정말 난감합니다. 그 질문에 제가 명확하게 답을 드릴 수 있다면 얼마나 좋을까요. 차라리 저도 무언가 파바박 느낌이 와 '이거 하세요.' 답을 내려줄 수 있다면 좋겠다는 생각마저 합니다. 많은 예비 직업상담사 선생님들이 비슷한 이야기를 하십니다. 개인적으로 나름의 이유와 직업에 대한 비전을 가지고 있습니다. 그럼에도 저 역시 누군가 '이 직업이 비전이 있다. 앞으로 일자리가 계속된다.'라고 명확하게 확신을 내려주면 좋겠다는 생각을 자주 합니다.

이 질문은 예비 직업상담사에 국한하지 않고, 대부분의 구직자가 비슷한 내용으로 질문을 합니다. 아마 취업 관련 기관에 가면 무언가 명확한 답이 내려주기를 기대하고 오시는듯합니다. 물론 불안한 마음에 어딘가라도 붙잡고 싶고, 누군가 결정을 내려주기를 바라는 마음은 십분 이해합니다. 그 사람의 결정을 따랐다가 그게 순탄치 않다면, 혹여나 그 사람을 탓할 수도 있을 테니까요. 그렇지만 모든 상담이 그러하듯이, 상담자가 방향을 설정해주지 않지요. 그리고 그렇게 하지도 못합니다. 구직자의 인생을 끝까지 책임질 수 없기 때문입니다. 책임질 수 있다 한들 정답을 내려주는 것이 올바른 방법의 상담이 아닙니다. 상담을 하며, 상담사의 역할에 대해 명확하게 설명하곤 합니다.

"직업상담이란 직업소개소처럼 일자리를 들고 있어, '이곳'

'이곳' 가보세요 하는 것은 아닙니다. **선생님께서 모든 구직활동의 주체가 되어, 선생님 진로에 방향성을 설정하시면, 상담사는 선생님의 시행착오를 줄이도록 도움을 드리는 거예요.**"

구직자들 입장에서는 이 말을 참으로 서운해하십니다. 거기에 '조건에 매몰되지 말라.'는 골자의 말까지 덧붙이면 꼭 울그락불그락해지시며 고깝게 여기십니다. 온라인 쪽지나 채팅으로 고민을 털어놓으셔서, 비슷한 답을 적어 답장을 보내면, 서운하신지 답장이 없으십니다. 예상하건대 일종의 허탈함과 허무함 혹은 성의 없음으로 느끼시지 않았나 생각합니다. '성의 없다. 나라도 그런 이야기는 하겠다.'라 여기시는지 다음 상담부터 시큰둥하신데. 사실 몇 줄 쪽지에 그분을 모두 파악할 수는 없고, 1시간 남짓 짧은 상담에 그 사람의 인생을 단정 지을 수도 없습니다. 할 수 있는 최선의 말인 '스스로 방향성에 대해 고민해보시라.'고 안내할 수밖에 없습니다. 더더욱 구직활동 자체가 자기탐색의 시간이기 때문에, 그 시간을 스스로 고민해보시라고 솔루션을 드리는 것이지요.

"아버지, 날 보고 있다면 정답을 알려줘."

누군가의 노래 가사처럼 제가 정답을 알려줄 수 있다면, 얼마나 좋을까요.
선생님께서 궁금해하는 질문에, 제가 명확하게 정답을 알려드릴 수 있다면 얼마나 좋을까요.

조건에
매몰되지 마세요!

⋮

    구직자께 스스로 '어떤 점을 취업하는 데 장애요인이라고 생각하는지' 질문하면 나이, 경력, 기혼자, 자격증 기타 등등 많은 것을 이야기하십니다. 그중 가장 많은 요인으로 나이를 이야기하십니다. 새일센터에 있을 때에는 여성들만 해당되는 이야기인 줄 알았더니, 기관을 옮겨, 전 연령층을 대상으로 상담을 해보아도, 하나같이 '나이'를 제일 큰 장애요인으로 말씀하십니다. 재미있는 점은 20대이든, 30대든, 50대든, 60대이든 어떤 연령대의 구직자가 오시더라도 '나이가 많아서'를 호소하십니다. 고등학교를 막 졸업한 만으로 10대와 20대 초반의 극히 일부 연령대를 제외하고는 모두들 취업의 장애요인으로 '나이가 많아서'입니다. '나이가 많아서'의 '많다'가 언제부터인지 모르겠으나, 우리나라 사회에서는 '나이'는 우대요인이 아닌가 봅니다.

두 번째 많이 이야기하시는 부분이 '경력'입니다. 이 '경력' 마저도 나이에 비해 없거나 적다고 이야기하십니다. 결국 취업하기에 나이가 전 연령층에서 가장 큰 장애요인으로 작용하나 봅니다. 아니나 다를까 기업에 구인조건을 물을 때 가장 먼저 여쭈게 되는 것도 나이였고, 기업에서도 가장 먼저 이야기하시는 것이 나이였습니다. 결론적으로 취업을 하는 데 있어 나이가 많은 부분 영향을 미치는 것이 사실입니다. 그런데 구직활동을 하는 구직자분들께 저는 꼭 강조하는 부분이 있습니다.

"조건에 매몰되지 마세요!"

중장년 구직자의 경우 '조건을 낮추었는데 몇 군데 지원을 해보면 꼭! '나이'가 걸린다.'는 이야기를 레퍼토리처럼 많이 하십니다. 나이를 호소하는 중장년 이외에도 '경력이 부족해서' '경력이 없어서' '기혼자'라서 혹은 '결혼적령기'라서, '가임기 여성'이라서, '아이가 어려서' 등. 나열하면 넘치고 넘칠 각자의 여러 이유들이 많습니다. 그러면 저는 다시 질문을 하지요.

"지금 선생님 조건을 물리적으로 바꾸실 수 있으신가요?"

현실적으로 나이, 경력, 결혼 여부 등 바꿀 수 있는 것이 없습니다. 지금 당장 없는 경력을 쌓기 위해, 아르바이트를 하여 경험을 쌓는다 하더라도 구직자들이 흔히 말하듯 노동시장에서는 '나이'가 우대조건이 아니니 구직활동 기간만 더욱 늘어납니다. 과거로 돌아가 나이를 줄일 수 있다면 줄이면 좋겠지만 현실적으로 불가능합니다. 그러니, 구직자들에게 그 조건조건에 매몰되지 마시라고 하는 것입니다.

취업을 하기 위해 구직활동을 할 때 사실 두 가지만 준비하면 됩니다. **자기이해와 노동시장의 이해.** 취업이 되는 순간 역시 두 가지가 충족되면 이루어집니다. 철저한 자기 분석을 바탕으로, 노동시장에 대한 이해가 명확하고, 객관적으로 이루어져, 두 가지 조건이 씨줄 날줄처럼 십자로 교차되었을 때, 취업은 그때 일어납니다. 그래서 취업을 위해 우리가 할 수 있는 일은 내가 현재 어떤 상황인지를 객관적이고, 철저하게 분석한 뒤, 현실을 받아들이는 것이지요. 현실을 인정하고, 현재 나의 위치에서 내가 가진 역량을 최대한 **강점화**할 수 있는 방법을 찾아야 합니다.

현실은 나를 충분히 드러낼 수 있는 강점을 강조한대도 조건들이 우리의 발목을 잡기 때문입니다. 각자의 조건조건이 구직활동을 어렵게 합니다. 조건이 없는 다른 구직자보다 몇 곱절 더욱 힘들게 합니다. 더더욱 조건에 매몰되지 않아야 한다고 강조합니다. 구직자인 나 자신부터 그 조건에 매몰되어

버리면, 그를 판단하는 기업에서는 귀신같이 나의 약점인 '조건'만 눈에 들어옵니다. 그러니 나의 장애요인에 매몰되기보다, 그것을 바꿀 수 없음을 인정하고, 나의 '강점'을 보다 강조하는 것입니다.

예를 들어 스스로 생각하기에 나이가 가장 큰 장애요인이라 생각한다면, 서류를 쓸 때, '나이' '생년월일' 등의 칸을 없애보는 것입니다. 회사에서 정해진 양식이 있는 이력서가 아닌 자유 양식의 이력서라면 얼마든지 나의 역량을 강점화할 수 있도록 항목의 순서를 조정해도 됩니다. 단순 생산직의 경우 기업에 전화를 했는데 첫 마디에 나이를 묻는다면, 긴장하지 말고, (관련 경력이 있을 경우) 관련 경력에서 ○○년 일했다는 사실을, 나이보다 먼저 제시해보는 것이지요.

구직자들이 많이 말씀하십니다.

"내가 면접에 가면 할 이야기가 많은데, 나이 때문에 안 돼!"

그럼 그 면접에 가서 할 이야기를 미리 서류에서 강조하는 것이지요. 그 많은 이야기를 하려면 서류를 합격하고 면접 참석 통보를 받아야만 하니까요. 서류에서부터 나의 강점이 최대한 발휘되고 드러나도록 작성하면 됩니다. 나이 칸을 없애되, 다른 역량이 충분하다면 면접에 참석하라는 연락을 받으실 겁니다. 면접에서 나이 칸이 없는 이유를 물으면 그때, 솔직하게 말씀을 드리는 겁니다. '이 일을 할 수 있는 역량이 있고, 자신감도 있는데 자꾸 나이가 문제가 되는 것 같아 면접이라도 참가하고 싶어서 칸을 소정했다.'고 말입니다. 기업도 사람인데, 당연히 이해를 하실 것입니다. 만약 나이는 생각하던 연령대보다 높지만 다른 역량이 충분하다면 채용으로 연결이 될 것이고, 아니라면 속은 쓰리지만 또 다른 곳에 지원하면 됩니다. 그렇게 되면 그리 바라던 '면접이라도!!'의 '면접' 경험을 쌓은 것이 되지요.

만약 기혼자라 미혼자를 뽑지 않을까 하는 걱정을 할 수 있습니다. 그런데 기업에 따라서는 '기혼자만!' 심지어 '초등학생 이상 자녀가 있는 기혼자만' 선호하기도 했습니다. 또, 제 지인 중 구직활동을 하며 항상 '나이가 많다.'고 고민했는데, 어떤 기업에서는 관리자가 '나이 많고, 기혼자라 더 좋다.'며 최종 합격했습니다. 채용 박람회에서 만난 업체 대표님께서는 '오히려 경력 없는 사람을 선호한다.'고 하셨습니다. 그 대표님께서 '경력이 어쭙잖게 있는 사람들이 오히려 자기 고집이 있어 선호도에서 떨어진다.'고 하셨습니다.

결국 취업은 구직자인 '나'와 '회사'가 씨줄 날줄의 십자로 교차하는 순간 이루어집니다. 구직자의 역량이 무척이나 뛰어난들 회사가 '지금' 채용하고자 하는 조건과 맞지 않는다면 채용되기 어렵겠지요. 각 기업마다 조건이 다르고, 추구하고자 하는 바가 모두 다릅니다. 그러니 내가 채용되지 못한 데 '조건'에 매몰되기보다 나의 강점을 보다 강조할 수 있는 방법을 찾아보시는 건 어떨까요?

우리 '같이'
한번 찾아봐요

⋮

　은행 창구처럼 상담사 간 벽을 하나 두고 붙어있는 공간. 의도하지 않아도 옆 선생님의 상담을 듣게 될 때가 있습니다. 그것을 통해 상담을 배우기도 하고, 나의 상담을 돌아보기도 합니다. 그리고 소위 진상 구직자가 오면 함께 고개를 절레절레 흔들며, 옆 선생님을 마음으로 그 순간을 지지하기도 합니다.

　"우리 같이 한번 찾아봐요."
　"와! 대박! 선생님, 방금 성모마리아 같았어요."

　우연히 옆 선생님께서 구직자와 상담을 마치며, 하는 인사를 듣게 되었습니다. 정말로 생각나는 대로 표현하자면 '성모마리아'나 혹은 '천사'가 내려온 줄 알았습니다. 막 상담을 마친 선생님께, 깜짝 놀랐다며, '성모마리아'라고까지 비유하며,

놀라움을 표현했습니다. 당시에는 '함께하자.'는 그 말 자체도 너무 놀라운데, 평소 온화하고, 부드러운 선생님의 성품까지 더해지니 '성모마리아' 말고는 달리 비유할 표현 방법이 없었습니다.

시간이 지난 지금 생각해보면, 아무것도 아닌 '함께하자.'는 저 말이, 며칠간 머릿속에 계속 맴돌 만큼 깜짝 놀랐었나 봅니다. 당시 1년간 상담을 하며, 기관에서 여타 다른 상담사보다 많은 구직자를 만났는데, 한 번도 구직자에게 '함께하자(혹은 같이하자).'는 이야기를 해본 적이 없었습니다.

직업상담사로서 초기 1년의 상담을 돌이켜 보면, 상담을 하고 있는 제가 마음에 여유가 없었습니다. 대부분의 초기 상담사가 가지는 '직업상담사로서 내가 구직자에게 방법을 다 안내해야 해!' 혹은 '내가 모든 것을 다 해주어야 해!' 하는 강박도 있었습니다. 그래서 '같이 혹은 함께한다.'는 생각을 감히 하지 못했습니다. 게다가 매일 논의되는 실적 압박에 '취업'이라는 목표에만 몰두해있었지, 구직자와 함께한다는 생각까지 할 여유가 없었습니다. 그러니 취업시키는 방법에는 어느 정도 노하우와 방법이 있다고 생각해 경주마처럼 주위를 살피지 못하고 앞만 보고 열을 올렸던 기억도 납니다. '많이 하면, 많이 된다.'의 규칙에 부합하듯 에너지를 쏟으니 자랑처럼 정량적 실적이 그리 나쁘지 않았습니다.

그래서인지 당시 팀장님의 '구직자를 가르치려 하지 말라.' 는 말이 어떤 의미인지 와닿지 않았고, 억울했습니다. 성심성 의껏 취업을 위해, 몰두하고, 어쩌면 사력을 다하고 있는데, 왜 단편적인 제 모습만 보시고, 혹은 어떤 의미에서 '가르치 려 하지 마라.'고 하시는지 이해가 되지 않았습니다. 고백하자 면 팀장님의 그 말이 오히려 저를 가르치려는 질책처럼 느껴 졌습니다. 잘못되었다면 '무엇이 잘못되었다.' 하고 말을 해주 시면 좋을 텐데 말입니다. 그저 '가르치려 하지 마라.'고 하시 니 방법도 모른 채 그 말이 참으로 억울했고, 며칠을 잠 못 들 게 했었습니다.

해를 넘기고, 상담의 시간이 쌓여 이제 3년 차가 되고 보니, '가르치려 하지 말라.'는 말이 이제야 조금은 이해가 되는듯합 니다. '함께'라는 그 말이 제가 생각하는 것만큼의 무게가 아 니었음에도, 그 말을 입에 떼기가 참으로 어려웠습니다. 상담 사인 제가 구직자의 모든 문제를 짊어질 수도 없고, 다 해결 해줄 수도 없는데 말입니다. 구직활동이라는 것이 상담사만의 전부 몫이 아닌 그저 구직자의 문제를 '함께' 나누고, 취업을 할 수 있도록 시행착오를 줄일 수 있는 적절한 방향을 안내해 주기만 하면 되는 것인데 말이지요. 상담사라는 옷을 입고 스 스로 구직자의 무게까지 지고 있었나 봅니다. 처음 시작이 어 렵지 한번 구직자에게 '같이 찾아보자.'고 말하니 점점 '같이' 라는 말이 익숙해졌습니다. 정말 별것 아닌데 무엇이 그리도 어려웠을까요.

구직자 선생님들.
각자 하고자 하는 목표를 이루기 위해 우리 함께해봐요.

매일 매 순간이
슬럼프입니다

:

"힘들지 않으신가요? 지치지 않으신가요? 직업상담사로 일
하시면서 슬럼프는 없으셨어요?"

"슬럼프가 없었냐구요? 매일, 매 순간, 매 구직자가 슬럼프
입니다. (웃음)"

예비 직업상담사 직업체험 강의를 할 때, 누군가 질문하셨
습니다. 그때 전 웃으며, 매일 매 순간 매 구직자가 슬럼프라
고 솔직하게 말씀드렸습니다. 업무 강도가 높고, 다양한 사람
들을 만나고 다루다 보니, 아무래도 많은 분들께서 슬럼프에
대해 물어보십니다. 슬럼프가 왜 없겠습니까? 어쩌면 결과를
내는 주체가 사람이다 보니, 예측할 수 없는 다양한 변수의 사
람들이니 버거운 순간이 많습니다. 게다가 노력 대비 성과가
마음처럼 잘 나오지 않으니 더 답답할 수밖에 없습니다. 지침

이나 매뉴얼이 있다고는 하나, 구직자마다 케이스가 다르고, 사연이 다르기 때문에 돌발상황이 생기면 혼란에 빠집니다. 게다가 같은 '경리사무원' 직종이라 하더라도, 구직자마다 원하는 조건과 기준이 다르기 때문입니다. 그날의 상담사인 저의 기분이나, 신체 컨디션에 따라서도 상담을 마주하는 마음이 달라집니다. 그래서 매일, 매 순간, 매 구직자마다 슬럼프입니다.

"그러면 지금까지 버티게 해준 힘은 무엇인가요?"

그럼에도 불구하고, 3년 차로 일을 할 수 있는 것은 구직자들이 '취업했어요.' '선생님 덕분에 취업했어요!' 하고 전해오는 소식이 반갑고, 의지가 없던 구직자가 긍정적인 변화를 보일 때 보람을 느끼기도 합니다. 무엇보다 큰 의미는 제 가치관에 부합해서가 아닐까 생각합니다.

'타인의 이야기를 수집해, 긍정적인 영향력으로 되파는 일.'

저의 직업 가치관입니다. 제 지식으로서, 다른 이에게 긍정적인 변화를 이루어내고 싶습니다. 방치되었던 신입 시절, 파티션 너머 선배들의 상담을 눈동냥 귀동냥하며 배웠던 시간들이 쌓여, 누군가에게 전할 수 있는 자리가 마련되기도 했었지요. 그토록 강의가 하고 싶었는데, 감사하고 좋은 기회로 강의를 할 수 있는 기회가 생기기도 했습니다. 그래서 아마 이 징글징글한 일을 아직은 계속하고 있나 봅니다.

일은 일이니까
하죠

:

국가의 일시적 지원금으로 업무가 과중되고, 모두 패닉에 빠진 그때. 옆자리 경력 선생님께

"대체 이 불합리하고, 말이 안 되는 제도에서, 직업상담사로 10년 가까이 일하셨는데, 선생님을 버티게 해준 것은 뭐예요? 어떤 요소가 일에 재미를 주나요?"

하고 격정적으로 털어놓은 적이 있었습니다. 그 당시의 저는 일이 지치고, 흥미를 잃어, 약간의 매너리즘으로 스스로 위기감을 느끼고, 일과 일상에서 재미를 찾고 있을 시기였지요. 그때 선생님의 대답은 다름 아닌

"일은 일이니까 하죠. 일은 일이죠."

하셨습니다. 일이 전부인 제게는 그 말이 참 재미없게 느껴지고, 맥이 빠지는 대답이었습니다. 하루에도 열두 번도 더 도망치고 싶은데, 어떻게 10년 가까이 현장에서 버틸 수 있었을까 혹시나 다른 긍정적인 이유가 있으신지 궁금했습니다. 그런데 그저 '일은 일'이라니요. 경력이 쌓인 미래의 제 모습이 혹시나 저렇게 될까 싶어 걱정도 되고, 어쩌면 선생님의 대답이 타성에 젖은듯하게 느껴졌습니다.

그렇게 시간이 흐르고, 업무가 안정되고 나니, 일은 일이라고 하던 선생님의 말뜻이 어렴풋이 이제는 알 것 같습니다. 선배 선생님께서는 입사 이후부터 종종 저의 상담 장면을 보시고, 자주 제게 **'상담의 완급을 조절하라.'**고 말씀하셨습니다. '열정적이고, 에너지 넘치는 것은 좋은데, 모든 구직자에게 그렇게 에너지를 쏟으면, 제가 버텨낼 수 없다고 하셨습니다. 특히 제가 애착이 가는 구직자나, 스스로 자신 있는 부분에서 에너지를 굉장히 많이 쓰는데, 그런 구직자가 중간 이탈하거나 하는 변수가 발생하면, 그것이 소진으로 이어지고, 퇴사로까지 이어지니, 꼭 상담의 완급을 조정하라.'고 말씀하셨지요.

수차례 들었던 그 말이, 어느 순간 이해가 되었습니다. 분명 상담을 하다 보면 특별하게 애착 가는 구직자가 있기 마련입니다. 저도 사람인지라 그 구직자에 더 많이 마음이 가고, 신경이 쓰입니다. 그러다 믿고 있던 구직자가 중단을 희망하거나 연락이 안 되면, 마음을 쓰고 상처를 받는 것도 저입니다. 또 제가 자신 있는 분야인 자기소개서를 첨삭할 때에는 다른 상담보다 더 에너지를 쓰는 것도 사실입니다. 그러니 상담을 진행하는 나 자신을 위해서라도 상담의 완급을 조절하라는 말씀이실 테지요. 100여 명의 모든 구직자에 모두 똑같은 마음으로 기복 없이 상담하라는 말이 아니었을까요?

어쩌면 냉랭하고, 권태롭고, 타성에 젖은 듯 보이던 선생님의 그 말이 이제는 알 것 같습니다. 아마 그것이 특별히 마음을 쓰지 않고, 애쓰지 않고, 소진하지 않는 법이 아닐까 생각해봅니다.

직업상담사
옷 벗고 퇴근합니다

⋮

"스트레스 관리 어떻게 하세요?"
"퇴근하면서 직업상담사 옷 벗어놓고 가려고 합니다."

우리 업이 많은 사람들을 대하고, 많은 스트레스 상황에 노출되어 있어서인지 스트레스 관리와 관련된 질문을 참 많이 접합니다.

그때마다 저의 대답은 '옷 벗고 퇴근한다.'입니다.
정신없이 하루를 보내고, 퇴근하며 기관을 나서며, 가급적 직업상담사로서의 '나'와 본연의 '나'를 분리하려고 합니다. 사회생활을 하면서, 특히 이 직업상담사로 근무하면서, 터득한 저의 방법이랄까요. 가급적 회사의 업무와 생각을 집으로 가져오지 않는 것이지요.

저 역시 '직업상담사의 나'와 '본연의 나'를 분리시키지 못하고, 집으로 그것을 그대로 가져와 생각에 생각을 꼬리 물고 고민에 고민을 거듭한 적도 많습니다. 물론 업무 스트레스로 잠을 설친 적도 많고요. 꽤 오래도록 개인 휴대전화에 업무용 카카오톡 채널을 깔아두고, 퇴근 이후 저녁 늦게 보내는 구직자들의 카카오톡 메시지를 받았습니다.

어느 날, 퇴근 후 보낸 구직자의 별것 아닌 메시지에, 오늘 해결할 수 없는 내일의 일로 기분이 팍 상하고, 스트레스를 받는 저를 보며 분리해야겠다는 생각이 번뜩 들었습니다. 그날로 당장 휴대전화의 업무용 카카오톡을 지워버렸습니다. 어차피 회사에 출근하면 당연히 업무용 카카오톡을 열게 될 것입니다. 업무 중에 충분히 구직자들의 문의와 응답에 성의껏 대답하면 됩니다. 굳이 퇴근 후 그리고 휴가 중에 당장 내가 해결할 수도 없는 일에 응답하여 부러 스트레스를 받기보다는, 분리해야겠다는 생각에 이르렀습니다.

구직자 입장에서는 좀 냉정하게 들릴 수 있습니다. 그런데 일과 '나'를 분리해야만, 퇴근 이후 내일을 위한 에너지를 채울 수 있고, 그것이 내일의 컨디션이 되어, 양질의 상담으로 선순환되기 때문입니다.

구직자들에게도 직업선호도 검사의 성격검사 중 '스트레스

취약성' 항목을 해석하며, 스트레스 관리에 대해 강조해서 언급합니다. 업무의 스트레스와 일상의 스트레스는 각각 상호적으로 영향을 주고받습니다. 업무의 스트레스가 일상에 영향을 주기도 하고, 일상의 스트레스가 업무에 영향을 주기도 합니다. 때문에 스트레스를 적절하게 관리해야 합니다. 어떻게 스트레스를 관리하느냐에 따라 직무의 만족도가 높아지고, 직무의 만족도가 높아지면 자연스레 장기근속을 할 수 있습니다.

특히나 우리 업처럼 많은 사람들의 취업 고민을 다루는 업의 경우 특히 그렇습니다. 하루 평균 4~5명(많으면 6~7명)의 대면상담과 그 외 유선상담, 기타 행정업무를 쳐내다 보면 '나'를 챙길 여유가 없어집니다. 그래서 소진이 되기도 하지요. 그걸 방지하기 위해서도 스트레스를 관리할 필요가 있습니다. 그 방법으로 저는 **'퇴근할 때, 직업상담사 옷 벗고 퇴근하기'**를 추천드립니다.

직업상담사도
사람이다

:

상담사도 사람입니다. 특히 직업상담사도 사람입니다.

6개월 차 신입 상담사 선생님께서 어려움을 토로하는 글을 보내왔습니다.

"선생님, 매일 밤 내일 출근을 생각하면 왜 이렇게 눈물이 나는지 모르겠어요."

긴 글의 내용 중 눈에 띈 구절이 있습니다. 구체적인 선생님의 상황을 듣지 않고도, 저 눈물의 의미를 저는 압니다. 보다 정확하게 말하면 '저는' 압니다, 라기보다 '저도!' 압니다. 그것도 너무 뼈저리게 잘 압니다. 왜냐면 저 역시 그 시간을 겪었고, 겪어왔고, 현재도 지나고 있기 때문입니다.

'제발 내일이 오지 않았으면.'
'제발 하늘이 무너져 내일 출근하지 않았으면.'

하고 빌 수밖에 없는 마음을 너무도 잘 압니다.

조여오는 기관의 실적 압박, 원활하게 처리하지 못한 것이 나의 부족함이 아닐까 하는 나의 자책, 자꾸만 부족하게 느껴지는 나의 상담, 내 능력을 벗어나는 돌발적인 사건들, 사람이 두려워지고, 무섭고, 또 혐오스럽기까지 하는 마음. 상담사이니 따뜻하게 구직자를 공감해야 한다는 말이 숨통을 조여오고, 자꾸만 짜증을 내게 되는 현실과 괴리감. 수당을 목적으로 오는 구직자를 혐오하면서도, 구직자에게 '수당'을 권력처럼 쥐고 '이것이것 하지 않으면 돈 안 나갑니다.' 하고 휘두르는 마음. 또 그것을 자책하는 나.

이러한 모든 것들이 내포된 말이겠지요.

이러한 것들을 생각하는 것조차 죄스럽게 느껴졌습니다. 공감을 하지 못하는 제 자신에 화가 나고, 자꾸 제 상황과 감정에 앞서 짜증을 내게 되는 저를 수도 없이 자책하고 비난했습니다. 누구 하나 '이런 마음이 들어도 괜찮다.'고 이야기를 해주지 않았기에, 이런 마음이 드는 나를 비난할 수밖에 없었습니다. 누구 하나 '나도 그렇다.' 하고 이야기해주지 않기에

저런 마음이 드는 나를 수도 없이 채찍질하며 잘못했다고 몰아세웠습니다. 모두 제가 다 부족하다고 여겼습니다.

그런데 직업상담사도 사람이더라구요. 마치 상품처럼 성과를 내어야 하는 실적의 압박에 힘겹고, 백여 명에 이르는 많은 구직자의 사연들을 다 받아내기도 체력적으로 버겁습니다.

현실의 일들이 너무 버겁고 숨쉬기가 어려워 블로그를 시작했습니다. 마치 '임금님 귀는 당나귀 귀'처럼 한풀이를 한참 하다 보니, '저도 그래요.' 하는 공감을 받기도 하고, 저의 글을 읽고 '나만 그러한 것이 아니구나.' 생각했다는 분들의 이야기를 듣습니다. 그제야 제가 가지는 모든 감정들, 마음들이 자연스러운 것이라는 것을 알았습니다. 수차례 자책과 자기검열로 밤잠을 설치던 저를 조금은 놓을 수 있었습니다.

여전히 매일 밤, 내일이 오지 않았으면 하는 시간을 보내고 계신, 같은 업의 많은 선생님들께 말씀드리고 싶습니다.

지금의 그러한 고민들, 감정들 모두 다 그래도 괜찮습니다. 상황과 환경이 만들어내는 자연스러운 것들입니다. 그것들을 인식하기만 해도 긍정적인 방향으로 잘 가고 있다고 생각합니다.

누군가의 업을 업으로 오늘도 치열하게 하루를 살아낸 자신에게 그리고 우리에게 스스로 칭찬해보는 것은 어떨까요?

취업 '시키는' 직업상담사이기보다
취업 '하게 하는' 직업상담사

여느 때처럼 블로그에 업무에 대한 격정적인 글을 올린 어느 날.

한 블로그 이웃님께서 '선생님은 잡 크래프팅[Job Crafting] 하시는 분 같다.'는 댓글을 남겨주셨습니다. 고백하건대 그날 '잡 크래프팅'이라는 개념을 처음 알았습니다. 검색포털에 검색해보니,

"주어진 업무를 스스로 변화시켜 의미 있는 일로 만드는 활동. 단순하게 조직에서부터 주어진 과업을 그대로 수행하는 것이 아닌, 과업을 변화시켜, 스스로 의미 있는 일로 만드는 것."[19]

결국 내게 주어진 일을 일 그대로 받아들이기보다, 나에게 의미 있는 혹은 의미를 만들 수 있는 일을 수행하는 것을 말

하나 봅니다. 아마 제가 업무에 드는 생각을 이렇게 글로 쓰고, 다른 이들과 나누고, 에너지를 소모하고, 또 그것을 공감하는 다른 분들과 함께하고자 하는 마음이 그 이웃님께는 잡크래프팅으로 비추어졌나 봅니다.

사실 그렇습니다.

누군가에게 '일'의 의미를 묻는다면, 혹자는 그저 '돈벌이 수단이지.' 할 수 있겠습니다. 사람마다 각자 다양한 가치관을 가지고 있을 테니까요. 그런데 적어도 제게는 이 '직업상담사'의 일이, '직업상담사'를 떼어놓고도 제게 '일'이란 단순히 그저 '돈벌이 수단'이거나 '일은 일'로 설명할 수 있는 단순한 것은 아닙니다. 일에 있어 돈을 버는 것이 기본이지만, 그저 '돈벌이의 수단'으로만 일을 하고 싶지는 않습니다. 제게 지금의 일이 그저 돈벌이의 수단으로만 전락한다면, 아마 그 자리에서 그만두고, 새로운 흥미로운 일을 찾아야 할 겁니다.

제게 일은 '삶의 재미'이자, '살아가는 이유'입니다. 그 의미를 찾기 위해, 직업상담사의 버거운 업무량을 쳐내면서, 그 소재로 글을 쓰고, 재미와 의미를 찾고, 이 일이 재미없어지지 않을까 마음을 쓰고, 애쓰고, 때로는 구직자들과 싸우고 화를 내는 것이겠지요. '사람이 징글징글하다.'는 소리를 입에 달고 다니면서도, 구직자들과 주고받는 작은 울림이 재미있고, '일이 물린다.'는 이야기를 버릇처럼 하면서 그들이 주는 긍정적인 에너지를 받기도 합니다. 내 마음 같지 않은 구직자와 마주하면, 때때로 방어적인 태도로 혹은 완고한 태도로 대했다가 어르다가 달래다가 하는 것이겠지요.

전 단순히 '알선 취업률'을 높이는 직업상담사가 되고 싶지 않습니다. 사실 전 '알선 취업'보다는 '본인 취업'을 보다 더 가치 있다고 생각합니다. 구직활동으로 에너지가 떨어진 구직자가 스스로 취업을 위해 일련의 노력을 했고, 그것이 긍정적인 결과를 가지고 왔기 때문에 '본인 취업'을 보다 가치롭게 생각합니다. 직업상담사의 일은 구직활동의 시행착오를 줄여주는 것이라고 생각합니다.

소속기관과 사업을 위탁하는 주체인 상위기관에서는 상담사가 소개한 곳에 구직자가 취업한 '알선 취업'의 숫자로 정량적인 평가를 합니다. 아마 상위자들은 '본인 취업'은 '상담사가 한 일이 없다.'라고 생각하시는 듯도 합니다. 그러니 모든 직업상담사들이 이 '알선 취업'에 목을 맬 수밖에 없습니다. 국가기관에서는 국고 예산과 그 보조금으로 이루어지고, 엄청난 예산을 투입했으니, 결과치로서 정량적인 결과가 나와야겠지요. 또, 소속기관에서는 그것이 운영과 직결되니 그럴 수밖에 없는 현실적인 이유도 있습니다.

그럼에도 불구하고 '알선 취업'의 숫자만을 목을 매는 '취업알선원'이 되고 싶지 않습니다. 진로나 직업을 탐색하고자 하는 구직자가 스스로 본인의 방향성을 고민하게 하고, 스스로 에너지를 내어 선택할 수 있도록 옆에서 시행착오를 줄여주는 그런 직업상담사가 되고 싶습니다. 조금 욕심을 내자면 저의 이 일이 구직자들의 긴 삶에 약간의 영향을 미치는 결과이면 더 좋겠습니다.

하나의 정답을 정해놓고,
그 답을 찾는 일은 하고 싶지 않습니다.
하나의 정답을 찾기보다,
모든 보기가 정답이며,
과정 그 전부가 정답인.
더디더라도 방향성이 명확하다면
속도는 크게 중요하지 않은.

그러한 일을 하고 싶습니다.

직업상담사,
오늘도
출근합니다

초판 1쇄 발행 2021. 8. 12.
2쇄 발행 2023. 6. 5.

지은이 팽혜영
펴낸이 김병호
펴낸곳 주식회사 바른북스

편집진행 한가연
디자인 정지영

등록 2019년 4월 3일 제2019-000040호
주소 서울시 성동구 연무장5길 9-16, 301호 (성수동2가, 블루스톤타워)
대표전화 070-7857-9719 | **경영지원** 02-3409-9719 | **팩스** 070-7610-9820

•바른북스는 여러분의 다양한 아이디어와 원고 투고를 설레는 마음으로 기다리고 있습니다.

이메일 barunbooks21@naver.com | **원고투고** barunbooks21@naver.com
홈페이지 www.barunbooks.com | **공식 블로그** blog.naver.com/barunbooks7
공식 포스트 post.naver.com/barunbooks7 | **페이스북** facebook.com/barunbooks7

ⓒ 팽혜영, 2023
ISBN 979-11-6545-470-8 03810